ENGEL DER PFERDE
– im Kampf gegen dunkle Mächte

RUF DER VERGANGENHEIT

Angela Dorsey über sich:

Viele meiner Geschichten gehen auf meine Jugend zurück: Wir wohnten damals in einem abgelegenen Teil Kanadas, dem Bella Coola Valley, 300 Meilen von der nächsten Stadt entfernt. Mein schönstes Erlebnis als Kind war der Tag, als mein Großvater bei uns zu Hause mit einem Pferdehänger auf den Hof fuhr – mit einem Pferd für mich! Es hieß Ben und setzte mich das nächste Jahr beinahe täglich ab. Ben war sehr stur, aber ich war noch sturer. Immer wieder stieg ich in den Sattel und schließlich konnte ich ihn reiten. Das Abenteuer konnte beginnen! Von da an gehörte es zu meinen Lieblingsbeschäftigungen, mit Ben auszureiten. Viele der Abenteuer, die ich mir damals auf diesen Ausritten ausdachte, finden sich heute in meinen Büchern wieder.
Ich lebe mit meinem Mann Brad und meinem Schäferhund Raven auf Vancouver Island, Kanada. Ich habe drei erwachsene Kinder: Seth, Maria und Charity.
Fast täglich arbeite ich an meinen Geschichten, auch wenn ich unterwegs bin. Ich schreibe sehr gerne über Pferde und ich finde es wichtig, dass die Leute erkennen, wie wunderbar Pferde sind und wie viel wir von ihnen lernen können. Seit 2004 schreibe ich die Serie „Engel der Pferde" für den Pony-Club. Jedes Kapitel erzählt die Geschichte aus einer anderen Perspektive!

Wenn du dieses Symbol siehst, dann ist das Kapitel aus der Sicht von Angelica, dem Engel der Pferde, erzählt.

Wenn diese Pferde den Kapitelanfang zieren, dann wird alles aus der Perspektive der Hauptperson/en berichtet, eines oder mehrerer „Pferdemenschen", die Angelicas Hilfe brauchen.

Die Spinne steht für Angelicas Gegenspieler und erzählt meistens sozusagen aus der Sicht des „Bösen". Es kann aber auch sein, dass es sich nicht um einen bösen Charakter handelt, sondern um jemanden, der „vom rechten Weg abgekommen" ist oder wie in diesem Fall verwirrt ist.

ENGEL DER PFERDE
– im Kampf gegen dunkle Mächte

RUF DER VERGANGENHEIT

Angela Dorsey

Titel der Originalausgabe: SILVER DREAM

Übersetzung: Andrea Freund
Umschlag- und Innenillustrationen: © Jennifer Bell 2008
Umschlaggestaltung: Stabenfeldt AS

Herausgeber und Verlag:
PonyClub, Stabenfeldt GmbH, München
Oskar-Schlemmer-Str. 11, 80807 München
Redaktion und DTP/Satz:
Stabenfeldt GmbH, München
Printed in Germany 2008
ISBN 978-3-938308-89-9

„Das kotzt mich an“, sagte Joanna.

Ihr schwarzer Labrador Noah blickte zu ihr auf und seufzte. Dann richtete er seinen geduldigen Blick wieder auf Robbie, der mit Silver Sky über die Hindernisse auf dem Reitplatz sprang.

„Es ist nicht fair“, sagte sie ein bisschen lauter und trat gegen die untere Zaunlatte. Ihr Vater, der in der Mitte der Bahn stand, runzelte die Stirn und sah dann wieder auf Silver Sky. Das weiße Sportpony flog über die Sprünge und Robbie saß wie ein Profi, der er ja auch war, auf ihm.

„Nur noch dieses eine Mal!“, rief ihr Vater Robbie zu. „Wir müssen Trinket noch arbeiten.“

Robbie zeigte nicht, dass er die Anordnung ihres Vaters gehört hatte. Aber Joanna wusste auch so, dass es so war. Und ihr Dad wusste es auch. Er sagte nie etwas zweimal zu Robbie, weil er wusste, dass sein Sohn ihm immer zuhörte. Robbie war perfekt. Der perfekte Reiter. Der perfekte Wettkämpfer. Der perfekte Sohn, vor allem für einen Mann, der sein Geld mit der Zucht von Sportponys verdiente. Nachdem Jason, Joannas und Robbies älterer Bruder, kein Interesse an den Ponys gezeigt hatte und als Erwachsener von zu Hause weggezogen war, erschien Robbie sogar noch perfekter. Joanna trat wieder gegen die Zaunlatte.

„Hast du eigentlich keine Hausaufgaben auf, Jo?“ Ihr Vater schaute sie genervt an.

„Schon fertig.“

„Warum hilfst du dann deiner Mutter nicht im Haus? Das

würde ihr gefallen." Sein falsches Lächeln schien in seinem Gesicht festgeklebt zu sein.

„Ich habe die Nase voll davon, immer im Haus zu sein. Das ist alles, was ich deiner Meinung nach machen soll. Warum kann ich nicht bei den Ponys helfen? Robbie hat das in meinem Alter auch gemacht. Sogar Jason hat geholfen, als er so alt war wie ich, und er hat sich noch nicht einmal für die Ponys interessiert!"

Hinter ihrem Vater hielt Robbie den weißen Hengst an und schüttelte wegen ihres kindischen Gejammers den Kopf. Sogar seine Missachtung zeigte er auf perfekte Art und Weise.

„Okay, du kannst ausreiten und nach den jungen Stuten sehen", sagte ihr Dad. „Seit heute Morgen war keiner mehr da."

„Kann ich Sky reiten?"

Robbie lachte, als er von dem herrlichen Sportpony abstieg. „Ja, sicher."

Joanna starrte ihn mit funkelnden Augen an. „Ich kann ihn reiten. Ich habe ihn vorher schon geritten."

„Ja, in der Bahn im Schritt und im Trab."

Ihr Vater sah von Joanna zu Robbie und dann wieder zu ihr. „Du kannst ihn reiten, Jo. Es wird gut für ihn sein, einmal außerhalb des Platzes zu gehen, und nach dem Training ist er nicht mehr so lebhaft."

Joanna unterdrückte ihre Verzweiflung so gut es ging. Sie kam mit Silver Sky zurecht und hatte es auch schon viele Male gesagt. Es hatte jedoch nie jemand auf sie gehört.

„Danke, Dad", sagte sie und versuchte, zufrieden zu klingen. Und eigentlich war sie wirklich zufrieden. Normalerweise musste sie sich in der Nacht hinausstehlen, um den Hengst zu reiten.

„Mach einen netten Ausritt. Er muss sich entspannen.

Und verbring nicht zu viel Zeit bei den Stuten. Es wird bald dunkel."

„Okay." Joanna kletterte über den Zaun und eilte auf Silver Sky zu, um seine Zügel zu nehmen. Robbie öffnete bereits den Gurt seines teuren Springsattels.

„Hab viel Spaß beim Reiten eines richtigen Ponys", sagte er leise und nahm den Sattel von Silver Skys Rücken.

„Robbie! Joannas Pony ist völlig in Ordnung!"

Ihr Vater hatte es gehört. Gut! Vielleicht merkte er ja doch endlich mal, dass Robbie gar nicht so perfekt war.

Mit hocherhobenem Kopf führte Joanna den eleganten Silver Sky aus der Bahn. Sie wollte Robbie nicht zeigen, dass seine Worte sie verletzt hatten. Sie liebte ihr dunkles Pony Raven von ganzem Herzen. Er war das netteste, süßeste Pony, das sie kannte. Und es tat ihr weh, wenn jemand etwas Schlechtes über ihn sagte. Vor allem seit Raven zu klein für sie geworden war. Joanna hatte das Gefühl, als würde sich ihr die Kehle zuschnüren. Wenn sie doch nur aufhören würde zu wachsen!

Es bereitete ihr ein noch schlechteres Gewissen gegenüber Raven, dass sie sich in der Nacht aus dem Haus schlich, um Silver Sky zu reiten. Der Schimmel war aus guten Gründen der preisgekrönte Hengst des Hofes. Joanna hatte noch nie ein Pony mit solcher Kraft, Anmut und Stärke unter dem Sattel gehabt.

Wenn Raven doch nur mehr wie Silver Sky wäre ...

Nein! So etwas durfte sie nicht denken!

Auf der anderen Seite musste sie auch vernünftig sein. Selbst wenn sie sich weigerte, ein anderes Pony als Raven zu reiten, würde ihre Treue ihren Dad nicht davon abhalten, zu merken, wie groß sie auf Raven aussah, wie lang ihre Beine wirkten. Was würde dann mit ihrem geliebten Pony geschehen?

Sie blieb an einem Gatter in der Nähe des Hofes stehen. Raven und Trusty, der große Palominowallach ihres Vaters, streckten ihre Köpfe über den Zaun. Raven wieherte ihr zu.

„Tut mir leid, mein Braver", murmelte Joanna und streichelte seine samtweiche Nase. „Aber Dad hat mich Silver Sky noch nie außerhalb der Bahn reiten lassen. Wir machen morgen einen langen Ausflug, ja?"

Das Pony schnupperte an ihrem dunkelbraunen Haar und machte dann einen Satz zur Seite, als Silver Sky zu nahe kam. Raven war in der Nähe des großen Schimmelponys immer nervös, obwohl er aus irgendeinem Grund noch nie Angst vor Trusty gehabt hatte, der doch sogar noch größer war.

„Entschuldige", sagte Joanna. Sie war den Tränen nahe, als das Pony wegtrabte und in sicherer Entfernung stehen blieb, um sich nach ihr umzusehen. Wie konnte sie ihrem herrlichen Raven das nur antun?

Aber wie hätte sie Silver Sky nicht reiten können, nachdem ihr Vater ihr die Erlaubnis gegeben hatte? Vielleicht würden sie sich beide besser fühlen, wenn sie morgen viel Zeit mit Raven verbringen würde. Sie würde ihn putzen bis er wie dunkler Satin glänzte und dann einen langen, entspannten Ausritt zum See machen. Raven liebte es, in den See zu schauen. Und wenn das Wetter schön war, konnten sie zusammen schwimmen. Außerdem war morgen Samstag – keine Schule – und sie würden jede Menge Zeit haben.

„Ruh dich heute gut aus, Ravie. Und morgen werden wir viel Spaß haben. Ich verspreche es dir."

Sobald er einmal näher beim Stall war, würde er sich nicht mehr verstecken können. Wenn jemand einen Blick riskierte, würde er leicht zu entdecken sein. Es gab keine Bäume, hinter denen man sich verstecken konnte. Selbst die gepflegten Büsche waren zu klein.

Es schien, als würde es nur einen Weg geben, unentdeckt zum Stall zu kommen: auf Händen und Knien durch den flachen Abwassergraben zu kriechen, der an den Gebäuden entlangführte. Es sah ganz so aus, als würde der am Stall vorbeigehen. Seine Sehkraft war jedoch nicht mehr so gut wie früher; es konnte also sein, dass er sich irrte.

Und es hieß noch lange nicht, dass er nicht entdeckt würde, wenn er durch den Abwassergraben robbte. Wenn jemand nahe genug herankam, würde er ihn dennoch sehen. Oder falls es einen Hund gab, würde der ihn vielleicht bemerken und die Besitzer alarmieren. Wie peinlich das wäre!

Er konnte aber auch nicht mit leeren Händen nach Hause kommen. Kathy brauchte doch ihr Pony!

Der Mann beugte sich über den gemähten Rand des Grabens. Unglücklicherweise hatte derjenige, der die Weiden instand hielt, das Unkraut darin eine ganze Weile nicht entfernt. Und der Boden war feucht von dem dünnen Rinnsal, das da entlangfloss. Er würde nass werden.

Vorsichtig beugte er die arthritischen Knie. Er hasste es, das zu tun, aber es gab keinen anderen Weg. Kathy verstand nicht, warum man ihr Thunder weggenommen hatte. Nun ja, er ja auch nicht. Wie konnte jemand so böse sein, einem

Mädchen sein Pony wegzunehmen, wo er es doch war, der alles vermasselt hatte?

„Thunder frisst nicht so viel“, hatte sie zu ihm gesagt, während ihr die Tränen die Wangen hinunterliefen. „Ich könnte mir einen Job suchen und sein Futter bezahlen.“ Ihr Gesichtsausdruck war noch trauriger geworden, als sie hinzugefügt hatte: „Es ist meine Schuld, nicht wahr? Es tut mir so leid, Daddy.“ Es hatte ihm fast das Herz gebrochen.

Er holte tief Luft und begann loszukriechen.

Er hatte ihr zu erklären versucht, dass sie und Thunder nichts falsch gemacht hatten; dass es andere Gründe gab, warum man ihn ihr weggenommen und verkauft hatte. Aber sie hatte diesen ganzen Unsinn mit verlorenen Rennen und Schulden nicht verstanden. Das war der Moment gewesen, in dem er sich – nicht ihr, weil er nicht wollte, dass sie enttäuscht war, wenn es ihm nicht gelang – geschworen hatte, dass er ihr Pony finden und nach Hause bringen würde.

Er hatte nicht damit gerechnet, dass es so schwer werden würde. Da waren nicht nur die gemähten Wiesen und die offenen Zäune, die keinen Schutz boten. Das größte Problem war er selbst. Das Gefühl, dass es nicht in Ordnung war. Aber es gab keine andere Möglichkeit, Thunder zurückzubekommen.

Jetzt waren seine Hosenbeine völlig durchnässt, aber er musste sich beeilen. Er hob leicht den Kopf, um über den Rand des Grabens nach draußen zu spähen.

Er war schon näher am Stall. Das Gebäude leuchtete in der Abenddämmerung. Mitten im Türrahmen, rechts und links angebunden, stand – Thunder! Das wunderschöne Schimmelpony seiner Tochter. Ein Mädchen sattelte es.

Der Mann duckte sich, um nicht gesehen zu werden. Das Blut rauschte in seinen Ohren. Hatte es ihn gesehen? Er glaubte nicht. Aber das Pony hatte ihn bemerkt. Und das

Mädchen würde ihn auch sehen, wenn es an ihm vorbeiritt. Er musste weg von hier – und zwar schnell. Warum musste es ausgerechnet heute Abend ausreiten?

Die einbrechende Dunkelheit war von Vorteil. Dancer wartete auch auf seine Rettung. Er würde heute Nacht das große Pferd holen und sich Thunder für morgen aufbewahren. Dancers neuer Hof war kilometerweit entfernt von hier, und wenn er dort ankam, würden die Stallburschen schlafen. Das war der perfekte Zeitpunkt, um sein herrliches Rennpferd, das beste Pferd, das er jemals gezüchtet und auf die Rennbahn geschickt hatte, zurückzuholen. Wenn Graham nur nicht wäre ...

Genug von Graham. Was geschehen war, war geschehen. Von jetzt an würde er nach vorne blicken. Und der erste Schritt war, sein Lieblingspferd und Kathys Pony nach Hause zu holen.

Joanna legte den Sattel auf Silver Skys Rücken und machte vorsichtig den Gurt zu. Das große Pony sah mit gespitzten Ohren in die Abenddämmerung.

Joanna lächelte, als sie die Stricke losmachte. „Ein schöner Abend für einen Ausritt, nicht wahr, Sky? Wir werden Spaß haben, und diesmal müssen wir uns keine Sorgen machen, dass uns jemand erwischt."

Der Schimmel wieherte leise und stampfte mit dem Huf auf.

„Eigentlich müsstest du müde sein." Joanna schwang sich in den Sattel. Der Hengst ging eifrig los und versuchte anzugaloppieren. Aber Joanna hatte damit gerechnet. „Ruhig, Sky, ruhig", murmelte sie und parierte ihn zum Schritt durch.

Die Zügel fest in der Hand, ritt sie vom Hof. Sie warf einen Blick nach rechts. Raven und Trusty standen ein paar Meter vom Tor entfernt und grasten. Bevor Raven zu ihnen laufen konnte, ließ sie Silver Sky antraben.

Ein Feldweg führte auf eine große Wiese. Joanna stellte den Hengst seitlich neben das Gatter. Sie hatten nachts geübt, dass Joanna das Tor öffnen konnte, ohne abzusteigen. Silver Sky stand still, als sie sich nach unten beugte und sich nach dem Riegel streckte. Ohne ihre Hand vom Tor zu nehmen, ließ sie das Pony um das Gatter herumgehen und schloss es wieder.

„Guter Junge", sagte sie und klopfte seinen weißen Hals. So gut hatten sie es noch nie gemacht. Wahrscheinlich lag es daran, dass es noch Tag war und sie beide sehen konnten, was sie da machten. Sie sah zurück zum Hof. Der Reitplatz war auf der anderen Seite, sodass Robbie und ihr Dad außer Sichtweite waren. Aber besser zweimal als einmal sichergehen, ob die Luft rein war. Ja, sie konnten galoppieren!

Den ganzen Tag hatte sie schon nach draußen gewollt. Die Schule hatte überhaupt nicht aufhören wollen, und anschließend war sie mit ihrer Mutter ein Kleid für die Kirche kaufen gegangen. Langweilig! Dann Hausaufgaben, dann Abendessen, dann der Abwasch und endlich frei!

Silver Sky preschte über die Wiese. Joanna beugte sich dicht über seinen Hals und freute sich, dass er noch so viel Energie hatte. Seine Beine bewegten sich schneller und schneller und trugen sie wie auf Flügeln über das Gras. Joannas Augen tränten von dem Wind, der ihr entgegenblies. Sie spürte, wie das Pony sich unter ihr versammelte, als sie sich dem Graben näherten. Und plötzlich flogen sie wirklich! Silver Sky landete butterweich auf der anderen Seite, schnaubte und galoppierte weiter. Wie viel mehr Spaß ihm das machen musste, als ständig im Kreis zu galoppieren und kontrolliert zu springen. Auf eine Art war es schade, dass er so gut war. Wenn er Joannas Pony wäre, könnten sie jeden Tag so lustige Sachen machen.

Das Gatter zur nächsten Weide kam viel zu schnell näher. Joanna wendete Silver Sky nach links ab und das Pony galoppierte einen großen Bogen. Wieder über die große Wiese, wieder über den Graben und dann noch einmal! Als sie zum dritten Mal in die Nähe des Gatters kamen, parierte sie ihn zum Schritt durch. Er tänzelte.

„Guter Junge!“, sagte Joanna und klopfte seine verschwitzte Schulter. Sie würde es jetzt langsam angehen lassen müssen und nur noch Schritt und Trab reiten. Sie konnte es nicht riskieren, dass ihr Dad sah, wie Silver Sky schwitzte, nachdem er ihr gesagt hatte, sie solle langsam reiten.

Der Schimmel hatte es immer noch eilig, als sie ihn neben das Tor lenkte. Innerhalb von Sekunden waren sie durch und hatten das Gatter sicher hinter sich geschlossen. Joanna ließ den Hengst locker traben. Das hier war die Koppel der Stuten mit den Fohlen. Aber die wertvollen Tiere waren über Nacht alle in den Stall gebracht worden. Eine von den Mutterstuten, Silver Belle, hatte Anzeichen einer leichten Kolik gezeigt. Deshalb hingen Dad und Robbie auch mit ihrem Trainingsplan hinterher.

Joanna wusste, dass ihr Vater sie nicht nur aus dem Weg hatte haben wollen. Er brauchte wirklich jemanden, der nach den jungen Stuten sah.

Als sie das nächste Gatter erreicht hatten, parierte sie Silver Sky zum Halt durch und glitt aus dem Sattel. Sie kletterte auf den Zaun und sah sich von ihrem Aussichtspunkt aus um. Waren sie das da auf der anderen Seite? Vier dunkle Punkte und ein weißer?

„Crystal! Tessie! Sparks! Monster! Willow!“

Die fünf Punkte bewegten sich: Silver Crystal, Silver Tresses, Silver Sparkles, Silver Magic und Silver Willow. Lauter Stuten in den verschiedensten Grautönen und alle Töchter von Silver Sky. Sie lebten die meiste Zeit über auf der Koppel, da Joannas Vater der Meinung war, dass das Aufwachsen in einer natürlichen Umgebung gut für die Psyche der Ponys war.

Aber das hieß nicht, dass sich keiner um sie kümmerte. Zweimal am Tag kamen Joannas Dad oder Robbie – und, wie sie hoffte, jetzt auch sie – vorbei, um nach ihnen zu sehen. Am Morgen gab es auch ein leichtes Training, wie zum Beispiel Führen, Hufe heben, Putzen und Anbinden. Rechnete man ihren großen Offenstall, den Bach, der durch ihre

Weide floss, die Büsche am Ufer des Baches und das Waldstück an der linken Seite der Koppel dazu, war es die perfekte Aufzucht. So perfekt, dass Joanna sich manchmal wünschte, sie wäre ein Pony auf dem Hof ihres Vaters. Wenigstens würde es dann keine Hausaufgaben mehr geben. Und auch keinen Abwasch mehr. Oder die Sachen, die ihre Mom liebte, sie aber nur duldete, wie zum Beispiel einkaufen und sich für jede Gelegenheit herausputzen.

Als die fünf jungen Stuten auf sie zutrabten, streckte Silver Sky seinen Kopf über die oberste Zaunlatte und wieherte ihnen zur Begrüßung zu. Joanna nahm den Strick, den sie mitgebracht hatte, und befestigte ihn an dem Halfter, das sie Silver Sky am Stall über die Trense gezogen hatte. Dann band sie den Hengst an einem Baum an und ging auf die Koppel. Sparks war zuerst bei ihr. Joanna umarmte sie und gab ihr ein Leckerli. Dann ging sie zu Crystal, Monster und Willow. Zuletzt kam Silver Tresses – Tessie. Joanna gab der Stute ihre Belohnung und kraulte ihr den Hals, während sie kaute. Tessie war einer ihrer Lieblinge. Sie war das letzte Fohlen der Gründerstute Silver Surprise, die im vergangenen Winter eingeschläfert werden musste. Was für ein schrecklicher Tag das für sie alle gewesen war! Selbst Joannas Mom hatte Surprise geliebt und sie hatte es sonst nicht so mit Pferden.

Joanna versuchte immer noch, ihren Dad davon zu überzeugen, Tessie als Zuchtstute zu behalten. Das Problem war nur, dass Tessie so viel Vermögen hatte. Es schien eine Schande zu sein, sie nur auf die Weide zu stellen und Fohlen aus ihr zu ziehen. Und sie war eine Menge Geld wert. Es hatte bereits Angebote gegeben, aber ihre Eltern hatten sie abgeschlagen. Sie wollten Tessie auf dem Hof behalten, bis sie alt genug war, um trainiert zu werden. Die Stute sollte einen guten Start ins Leben haben.

Joanna tätschelte den eleganten Hals des Tieres und ging zurück zu Monster. Sie sog den Geruch des Ponys ein. Alle Ponys rochen gut, aber manche noch besser als andere. Abgesehen von Silver Sky duftete Monster ihrer Meinung nach am besten. Die junge Stute stupste sie mit ihrer dunkelgrauen Nase. „Tut mir leid. Keine Leckerlis mehr. Aber morgen kriegt ihr noch mehr, versprochen."

Joanna kletterte über den Zaun, band Silver Sky los und stieg auf. Dann sahen sie beide zu, wie die Stuten in den Abend wanderten. Crystal leuchtete wie ein Pony aus einem Märchen in der Ferne. Sie war die einzige der Stuten, die schon heller wurde. Mit ihren gerade einmal zwei Jahren war sie fast so weiß wie ihr Vater.

Als Joanna und Silver Sky zurückritten, wurde es langsam dunkel. Sie machte das, was sie immer machte, wenn sie nachts draußen war: Sie sah in den Himmel. Über ihr leuchteten die Abendsterne.

Joanna schloss die Augen. Bitte mach, dass alles gut geht mit Raven. Und bitte mach, dass Dad mich immer Sky reiten lässt. Zwei Wünsche. Vielleicht war das zu gierig. Mach, dass alles gut geht mit Raven. Das war wichtiger.

Joanna öffnete die Augen und seufzte. Sie fuhr mit den Fingern durch Silver Skys seidige Mähne. Eine Strähne wollte immer auf die andere Seite des Halses. Sie lächelte in der Abenddämmerung. Alleine mit einem Pony unter einem Sternenhimmel zu reiten, hatte etwas Magisches.

Sie öffnete das erste der Gatter auf dem Weg zurück und ritt hindurch. Zu schnell würde sie wieder auf dem Hof sein. Und sie wollte noch nicht nach Hause.

Plötzlich blieb Silver Sky stehen und spitzte die Ohren. Joanna spähte in die Richtung, in die er blickte. Aber sie konnte nichts sehen. Der Hengst tänzelte seitwärts.

„Brr, Junge. Alles in Ordnung. Wir sind gerade erst über

diese Wiese galoppiert, erinnerst du dich? Dreimal. Hier ist nichts."

Das Pony blieb wieder stehen und schnaubte. Dann senkte es den Kopf. Es wollte bestimmt auch noch nicht nach Hause.

Joanna wendete es nach rechts ab. Wenn sie beide der Meinung waren, dass ihr Ausritt zu kurz gewesen war, sollte sie etwas dagegen tun. Sie sollten an dem am weitesten entfernt gelegenen Zaun der Koppel entlangreiten, der durch den Wald führte. Wenn sie Silver Sky Schritt gehen ließ, würde der Ritt dadurch zehn Minuten länger werden.

Das Mädchen war so dreist. Es ging mit Kathys Pony um, als würde es ihm gehören. Was gab ihm das Recht dazu? Das weiße Fell des Ponys sah wie ein tanzender Schatten aus. So schön. Tatsächlich sogar noch schöner, als er es in Erinnerung gehabt hatte; viel schöner. War das denn wirklich Kathys Thunder oder hatte er sich geirrt?

Das Pony blieb plötzlich stehen. Es sah in seine Richtung. Es musste ihn gerochen oder gesehen haben. Er musste still stehen bleiben. Ganz, ganz still.

Dann wendete das Mädchen ab und ritt Richtung Wald.

Diesmal hatte er Glück gehabt, aber wer hätte gedacht, dass sie denselben Weg so schnell wieder zurückkommen würden?

Er konnte Thunders helles Fell kaum noch erkennen. Tränen traten in seine Augen, als er das Pony in der Dunkelheit verschwinden sah. Er war so dumm und viel zu emotional! Er würde das Pony wiedersehen. In ein oder zwei Nächten würde er wieder zurück sein.

Kathy würde überrascht und überglücklich sein, ihren Thunder wieder zu Hause zu haben. Das wäre die letzte und größte Überraschung von allen.

Die Bäume, die am Rand des Grundstücks standen, wuchsen dicht beieinander. Unter ihren Kronen war es stockdunkel. Aber Joanna hatte keine Angst. Robbie, Jason und ihr Dad hatten den Weg breiter gemacht, sodass zwei Ponys nebeneinander darauf gehen konnten. Es würde sie kein Ast aus dem Sattel holen.

Sie sog den scharfen Geruch der Pinien ein und freute sich, dass sie nicht geradewegs nach Hause geritten war. Was würde sie dort schon machen? Fernsehen? Lesen? Langweilig! Oder wenigstens langweilig im Vergleich zu einem nächtlichen Ausritt im Wald auf einem wunderschönen Pony. Vor allem wenn es sich bei dem Pony um Silver Sky handelte. Sie beugte sich vor, um seinen Hals zu streicheln. „Du bist so toll, Sky. Und ich habe so ein Glück! Wie viele pferdenärrische Mädchen wohnen schon auf einem Ponyhof?“

Sie ritten um eine Biegung, die der Zaun machte. Zu ihrer Rechten konnte Joanna Lichter durch die Bäume schimmern sehen. Das war das Haus des Nachbarn auf dem Grundstück, das hinter ihrem angrenzte. Sie kannte Mr. Thomas, den Mann, der dort lebte, nicht sehr gut.

Das Licht auf der Veranda war an und leuchtete so hell, dass das Haus näher als sonst an dem Zaun zu stehen schien, der die beiden Grundstücke trennte. Sie hatte die Leute lange nicht mehr über Mr. Thomas reden hören, kannte aber Geschichten von damals, als sie noch ein kleines Mädchen gewesen war. Offensichtlich hatte er früher Rennpferde auf diesem Stück Land gezüchtet, war aber dann in eine Pechsträhne geraten, und die Bank hatte die Pferde verkauft, damit er seine Schulden abbezahlen konnte. Alle sagten, es sei ein Glück, dass er nicht auch noch sein Land verloren hatte. Joannas Meinung nach war es zu blöd, dass er es nicht verloren hatte, vor allem da Robbie und ihr Dad ihren Hof in so einem guten Zustand hielten. Das Land von Mr. Thomas könnte genauso gut aussehen, aber stattdessen beobachtete sie über die Jahre, wie alles vernachlässigt wurde und verfiel. Als sie das letzte Mal hier vorbeigekommen war, hatten nur noch das Haus und der baufällige Schuppen gestanden. Das war alles. Es war sehr traurig, vor allem nach dem, was der Hof einmal gewesen sein musste.

Sie hörte einen dumpfen Schlag und Silver Skys Ohren gingen nach vorne. Ein gedämpftes Wiehern ertönte.

Joanna erstarrte. Mr. Thomas hatte doch überhaupt keine Pferde ...

Silver Sky schnaubte und schlug mit dem Kopf. War das leise Wiehern nur ein Rauschen im Wald gewesen?

Also wirklich, ein Pferd bei Mr. Thomas – das war doch lächerlich. Wo sollte er es denn hinstellen?

Silver Sky schlug wieder mit dem Kopf. Er wollte los.

„Gehen wir", murmelte Joanna.

Auf dem Hof gab es nur noch einen Ort, an dem man ein Pferd unterstellen konnte: den windschiefen Schuppen, der bei Weitem nicht dafür geeignet war.

Sollte sie jemandem erzählen, was sie gehört hatte?

Es würde wahrscheinlich nichts bringen. Sie hörte ihren Dad schon sagen, dass Mr. Thomas schon lange vor ihrer Geburt Pferde gehabt hatte und bestimmt wüsste, wie man für sie sorgte. Schlimmer noch, Robbie würde sie auslachen. Und abgesehen davon war nichts dagegen einzuwenden, dass Mr. Thomas ein Pferd hatte.

Außer wenn es dem Pferd in dem Schuppen nicht gut ging.

Es gab etwas, das sie unternehmen konnte. Sie konnte selbst herausfinden, was es mit dem Wiehern auf sich hatte. Heute Nacht. Wenn sie beweisen konnte, dass das Pferd in dem Schuppen nicht gut gehalten wurde, würde man auf sie hören.

„Joanna!"

„Hier bin ich!"

Als sie auf das Tor zuritt, konnte sie die dunklen Umrisse ihres Vaters auf dem erleuchteten Hof sehen.

„Wie geht es den Stuten? Ich habe mir schon Sorgen gemacht."

„Es geht ihnen gut. Ich habe nur den langen Weg durch den Wald genommen."

„Beim nächsten Mal sagst du mir vorher Bescheid, okay? Ich habe schon gedacht, es sei etwas passiert." Ihr Dad öffnete das Tor.

„Mache ich", sagte Joanna.

„Wie war Sky?"

„Perfekt." Sie glitt aus dem Sattel des Ponys. „Danke, dass ich ihn reiten durfte, Dad. Er ist toll."

Ihr Vater lächelte und wuschelte ihr durchs Haar. „Kein Problem, Kleines."

Tango, ich höre dich. Ja, ich bin es, Angelica. Ich spüre deine Angst. Deine Nervosität. Jemand, den du nicht kennst, ist gerade in deinen Stall gekommen.

Mein Lieber, es tut mir leid, dass ich in diesem Moment nicht zu dir kommen kann. Ich muss meine ganze Energie darauf verwenden, Erin und Talent zu helfen, da sie Erins Entführern begegnen. Ich kann sie jetzt nicht alleinlassen.

Du sagst, dass der Mann keinen unfreundlichen Eindruck macht? Du sagst, er spricht sanft mit dir? Er streichelt deine Stirn, deinen Hals, deinen Rücken? Du sagst, dass du dich jetzt nicht mehr so unwohl in seiner Gegenwart fühlst?

Tango, ich möchte deinen Frieden nicht zerstören, aber böse Taten können auch mit sanften Händen und freundlichen Worten verübt werden. Ich komme, sobald ich kann. Nimm dich in Acht vor diesem Fremden bis du dir über seine Absichten im Klaren bist.

Bis dann, mein Lieber, sei vorsichtig.

Endlich stand sein herrlicher Dancer vor ihm. Der Mann wischte sich die Tränen von den Wangen. Wie er von diesem Tag geträumt hatte! Wie sehr er sich nach dem Moment gesehnt hatte, wieder mit seinem geliebten Pferd vereint zu sein! Nun würde er Dancer nach Hause bringen.

Der alte Mann nahm den Kopf des Pferdes zwischen seine zitternden Hände. „Es tut mir leid, dass es so lange gedauert hat, bis ich dich holen kommen konnte", flüsterte er.

Dancer wich zurück und sah sich nervös um. Er erinnerte sich nicht mehr an seinen früheren Besitzer. Aber das machte nichts. Mit etwas Zeit würde er sich wieder an ihn gewöhnen. So lang waren sie nicht getrennt gewesen. Nur einige Wochen. Oder waren es Monate gewesen? Der Mann wusste es nicht mehr.

Er zog dem Pferd die Trense über den edlen Kopf. Das Leder war steif – deshalb wirkte das Zaumzeug wohl auch zu klein. Mit schmerzenden Fingern dehnte er das Leder so, dass er die Schnallen öffnen konnte. Dann stellte er die Trense größer. Das war besser.

Der Mann schob den Riegel zurück und führte den Hengst auf die Stallgasse. Er war durch ein geöffnetes Fenster gekommen, und mit dem Pferd schien es nur zwei Wege nach draußen zu geben: massive Doppeltüren auf beiden Seiten der Stallgasse. Er würde die Tür nehmen, die am nächsten zum Parkplatz und zur Straße war. Aber dennoch musste ihre Flucht schnell über die Bühne gehen, damit sie nicht entdeckt werden würden.

Der Mann öffnete die große Doppeltür und drückte sie mit beiden Händen weit auf.

Die Alarmanlage ging an! Dancer stieg und machte mit wild rollenden Augen einen Satz zurück.

„Ruhig, Junge, ruhig."

Die Pfleger würden bestimmt jeden Moment da sein. Er hatte keine Zeit, in Panik zu geraten. Wenn er Dancer nicht zurücklassen wollte, gab es nur eins, was er machen konnte.

Der Mann führte das Pferd im Trab zurück zu seiner Box. Wie er vermutet hatte, beruhigte sich der Hengst sofort wieder. Er fühlte sich sicher in seiner vertrauten Umgebung. Der Mann stellte sich auf einen umgedrehten Wassereimer und stieg auf den glänzenden Rücken des Pferdes.

„Los geht's!" Er drückte ihm die Hacken in die Seiten.

Dancer machte einen Satz nach vorn, als ob er aus einer Startbox auf der Galopprennbahn kommen würde. Der Mann hielt sich auf ihm fest, und dann galoppierten sie auf die sperrangelweit geöffnetenTüren zu.

Innerhalb von Sekunden waren sie draußen und jagten die Auffahrt hinunter auf die Straße – und trotz der Alarmanlage war keine Menschenseele in Sicht, die ihre Flucht hätte beobachten können. Sie waren alle zu langsam. Sogar Graham. Ha!

Als sie um eine Kurve galoppierten, ging die Alarmanlage aus. Aus der Ferne waren Schreie zu hören. Aber die Pfleger waren viel, viel zu spät. Keiner hatte ihn gesehen, und der Mann war sich sicher, dass der Lärm der Alarmanlage das Geräusch von Dancers Hufen auf dem Asphalt übertönt hatte. Und auf der Straße würden sie keine Spuren hinterlassen. Die Pfleger würden keine Ahnung haben, wo sie mit ihrer Suche nach dem Pferd beginnen sollten.

Hoffentlich war es Graham gewesen, der die leere Box

entdeckt hatte. Dann müsste er Williams sagen, dass Dancer weg war. Das wäre großartig. Er würde fast alles geben, um Williams' Gesicht in diesem Moment zu sehen: die Bestürzung, die Angst, dass ihnen jemand auf die Schliche gekommen war.

Aber er sollte aufhören, daran zu denken. Nicht nur, dass Rache unter seiner Würde war ... Nein, das hatte nichts damit zu tun, warum er es gemacht hatte. Er hatte den herrlichen Vollbluthengst zurückgeholt, weil er ihm gehörte. Und diesmal würde er ihn nicht mehr gehen lassen.

Die Nacht war kalt und klar. Die Sterne leuchteten über ihr, als Joanna aus ihrem Fenster im ersten Stock kletterte. Sie landete mit einem sanften Plumps auf den Gänseblümchen, Ringelblumen und Mohnblumen, die ihre Mutter gepflanzt hatte.

„Noah“, flüsterte sie und hockte sich hin. Bevor sie herumlief musste der Hund wissen, dass sie es war. Sonst würde er noch bellen und dadurch ihre Eltern aufwecken. „Noah. Hierher, Junge.“

Ein Schnüffeln in der Dunkelheit. Er war es. Zumindest hoffte sie das!

„Noah?“

Im Haus hinter ihr brannte kein Licht und der schwarze Labrador war in der Dunkelheit unsichtbar.

Etwas Warmes und Feuchtes berührte ihre Hand. Er leckte sie ab!

Schweigend kraulte sie den alten Hund hinter den Ohren. Als Wachhund war er glücklicherweise keine große Leuchte.

„Du bleibst hier und passt auf das Haus auf, Noah.“ Sie stand auf. „Bleib, Noah. Bleib.“

Langsam ging sie rückwärts. Der Hund jaulte.

„Bleib.“

Joanna hörte ihn leise stöhnen und lächelte. Er musste sich hingelegt haben. Schon seit er ein Welpe gewesen war, hatte er immer gestöhnt, wenn er sich niedergelassen hatte.

„Guter Junge. Bleib jetzt“, fügte sie hinzu, obwohl sie

wusste, dass sie es ihm nicht noch einmal sagen musste. Wahrscheinlich würde er immer noch dort liegen, wenn sie wieder zurückkam. Sie drehte sich um und rannte in die Nacht.

Die Stalltür war fest verschlossen. Joanna schlüpfte durch einen Seiteneingang und packte sich eine Taschenlampe, die für Notfälle dort hing. Ein mehrstimmiges Wiehern begrüßte sie und sie lächelte.

„Ravie“, flüsterte sie, als sie sich der Box ihres Ponys näherte. Sein Wiehern klang tief für ein kleines Pony. Silver Sky wieherte ihr ebenfalls über die Stallgasse hinweg zu.

„Heute Nacht nicht, Sky. Tut mir leid.“ In der Box neben der von Raven begrüßte sie auch Silver Belle. Joanna blieb stehen, um der Stute den Hals zu klopfen. „Freut mich, dass es dir besser geht, Belle.“

Belles Fohlen Silver Chime sprang von seinem weichen Strohbett auf. Joanna lachte, als die kleine Stute ihren Kopf über die Boxentür reckte, um gestreichelt zu werden. Sie war so eine Schönheit und würde eines Tages bestimmt ein Champion werden, so wie die anderen Ponys, die auf ihrem Hof aufwuchsen. Was sie an diesem Fohlen jedoch besonders mochte, war seine Persönlichkeit. Tatsächlich hatte es einige Ähnlichkeit mit seinem Vater Silver Sky. Es war voller Energie und athletisch und hatte dazu einen eigenartigen Sinn für Humor.

Raven wieherte ein zweites Mal.

„Hey, Ravie. Bist du bereit für einen Ausritt?“

Der kleine Wallach trat gegen die Boxentür. Er schien überglücklich, dass sie diesmal ihn für ihren Mitternachtsritt ausgewählt hatte. Joanna verzog das Gesicht. Wochenlang hatte er gesehen, wie sie nachts Silver Sky aus seiner Box geholt hatte. Er hatte sich ohne Zweifel zurückgewiesen und verlassen gefühlt, wenn sie mit Sky weggeritten war.

Sie öffnete die Boxentür, hielt ihm die Trense an den Kopf und lachte erstaunt, als er sein Maul öffnete, damit sie ihm das Gebiss hineinschieben konnte. Als sie fertig war, schloss er das Maul wieder. Süßer Raven. Er wollte es ihr so sehr recht machen.

Wie hatte sie nur so gemein zu ihm sein können, indem sie ihm Silver Sky immer vorgezogen hatte?

Er war fast zu Hause und war nicht verfolgt worden. Dancer war so schnell wie immer. Wie gut, dass sie zu dieser nachtschlafenden Zeit niemand vorbeireiten hörte. Um sie herum waren nur dunkle Bauernhöfe, Pferde und Kühe, die sich bereits im Stall oder auf der Wiese zur Ruhe gelegt hatten, und Füchse, die um den Hühnerstall herumschlichen. Zu dieser Zeit lag die Straße einsam und verlassen da, und es war absolut sicher, auf ihr zu galoppieren, auch wenn sie ein bisschen hart für die Beine des Pferdes war. Vielleicht sollte er Dancers Tempo etwas drosseln.

Aber was war das? Lichter! Direkt vor ihnen!

Ein Auto!

Der alte Mann riss panisch an den Zügeln. Die Bremsen des Autos quietschten. Er versuchte zu hören, was mit dem Wagen geschah, aber das Donnern von Dancers Hufen war zu laut. Der Hengst hatte sich jetzt so flach gemacht, als würde er ein richtiges Rennen laufen.

Der Mann zog wieder an den Zügeln. Irgendwie musste er das große Pferd unter Kontrolle bringen! Er schnappte nach Luft, als der stechende Schmerz durch seine Hände, Ellbogen und Schultern fuhr. Schlimmer aber noch war der Schmerz, den er Dancer im Maul zufügte. Und dennoch konnte er die Zügel nicht lockerer lassen. Ohne Führung konnte das Pferd vom Weg abkommen und in einen Zaun laufen. Und wenn er an den Zügeln zog, hatte er mehr Halt auf dem Pferderücken. Er wusste, dass er nicht runterfallen durfte. Dancer wäre in noch viel größerer Gefahr, wenn er

mit schlackernden Zügeln davonrennen würde – er könnte sich verheddern und stürzen.

Endlich wurde das Pferd langsamer. Bald danach trabte es und ging dann Schritt. Schließlich blieb es mit hängendem Kopf stehen und atmete schwer.

Der Mann ließ es einen Moment lang ausruhen. Dann nahm er die Zügel in seine pochenden Finger, wendete das Pferd und sah die Straße runter. In dem wilden Galopp hatten sie die Auffahrt zu seinem Haus verpasst. Er ritt mit Dancer den Weg zurück, den sie gekommen waren. Bevor er mit ihm auf die Auffahrt abbog, blieb er noch einmal stehen und sah die Straße entlang. Kein Zeichen von einem Auto. Gut. Es hatte also keinen Unfall gegeben. Dem Fahrer oder der Fahrerin war nichts passiert. Wahrscheinlich war er oder sie einfach nur glücklich, das Pferd nicht erwischt zu haben.

Er ritt mit Dancer den Weg hoch. Endlich waren sie alle zu Hause. Alle außer Thunder. Und dafür war noch genug Zeit. Jetzt war er müde – so müde, wie er noch nie gewesen zu sein glaubte. Und es gab noch so viel zu tun. Er musste den Stall für Dancer herrichten. Sicher würde Kathy ihm helfen. Sie war so ein gutes Mädchen. Obwohl er so eine Enttäuschung für sie gewesen war.

Raven ging schwungvoll auf das Tor zu. Innerhalb weniger Sekunden hatte Joanna es geöffnet, war mit ihm durchgeritten und hatte es wieder hinter sich geschlossen. Das kleine Pony war ein Experte auf diesem Gebiet, da es das schon so oft gemacht hatte.

Joanna ließ Raven antraben und ritt mit ihm zu dem Waldweg. Schon bald musste sie zum Schritt durchparieren. Auf der freien Ebene war das Licht der Sterne so hell, dass Joanna gerade noch sehen konnte, wohin sie ritt. Aber unter den Bäumen sah sie nichts mehr.

Sie ritt und ritt und ritt und immer noch konnte sie nicht das Licht von Mr. Thomas' Haus hinter den Bäumen entdecken. Seltsam. Sie hatte schon vor einigen Minuten damit gerechnet, es zu sehen. Hatte er etwa alle Lichter ausgemacht?

Sie ritten um eine weitere Kurve, und da war es. Nicht das helle Licht auf der Veranda, aber ein schwach erleuchtetes Fenster in der Ferne, das durch die Äste schien. Sie parierte Raven zum Halt durch. Das Pony schnaubte leise und schlug mit dem Kopf.

„Pst, Ravie“, flüsterte Joanna. Sie glitt von dem Rücken des Ponys und lehnte sich an seine dunkle Schulter. Die Wärme seines Körpers vermittelte dem Mädchen Sicherheit. Es konnte ganz schnell wieder aufsteigen, wenn etwas Bedrohliches auftauchte. Aber es würde bestimmt nichts passieren.

Sie führte Raven seitlich an den Weg, nahm den Führstrick, den sie um ihren Bauch gewickelt hatte, und befestigte ihn an dem Halfter, das Raven über der Trense trug. Dann band sie ihn an einem dicken Ast fest und umarmte ihn. Wie gerne sie ihn mitgenommen hätte, aber er konnte nicht einfach durch den Zaun zwischen den beiden Grundstücken schlüpfen. Dann nahm sie die Tasche mit dem Kraftfutter, die sie während ihres Ritts vor sich auf dem Widerrist des Ponys balanciert hatte, und streute es auf den Boden. Raven stürzte sich sofort darauf. Es würde ihn eine Weile beschäftigen, bis er jedes Körnchen aufgesammelt hatte. Solange, bis sie sich ihren Weg durch den schmalen Waldstreifen gebahnt hatte, über den Zaun geklettert und über Mr. Thomas' Weide zu dem baufälligen Schuppen gegangen war. Sie hatte zehn Minuten, vielleicht sogar mehr, bevor Raven sich wundern und wahrscheinlich nach ihr wiehern würde.

Sie nahm die Taschenlampe aus dem Beutel und machte sie an. Sie leuchtete schwach, aber das war okay. Wenn die Batterie nicht mehr voll war, würde das Licht nicht zu hell sein und sie konnte trotzdem etwas sehen. Auf Mr. Thomas' überwucherter Wiese würde sie sie ohnehin nicht mehr brauchen.

Joanna umarmte Raven noch einmal. Ihr Herz machte einen Satz, als sie den Wald betrat.

Das Haus sah so aus, wie er es verlassen hatte. Kathy musste noch schlafen. Vielleicht sollte er sie nicht wecken ...

Aber wenn er sie nicht weckte, würde sie am Morgen böse auf ihn sein, weil er ihr nicht sofort von Dancer erzählt hatte. Sie würde sich so freuen, den großen Hengst wiederzusehen – zumindest hoffte er das. Über die anderen hatte sie sich nicht so gefreut, wie er angenommen hatte. Er hatte immer noch nicht herausgefunden, warum, glaubte aber, dass es damit zu tun hatte, dass Thunder noch nicht wieder da war.

Als er das Licht im Schuppen anmachte, sah er Wings und Rocket Gal in ihrer Box. Rocket Gal wieherte laut, als sie ihn sah. Sie klang verängstigt und irritiert. Sie konnte doch nicht schon wieder Hunger haben.

Er stieg von dem Hengst ab, zog ihm die Trense aus und legte ihm ein Halfter an. Dann befestigte er einen Strick am Halfter, führte ihn in die Ecke und band ihn an. Wenn der Stall doch nur größer wäre. Mit drei Pferden platzte er fast aus allen Nähten. Aber er war sich ganz sicher, dass er früher diese drei Pferde und noch mehr in dem Gebäude stehen gehabt hatte. Es konnte doch nicht geschrumpft sein.

Und dennoch schien alles irgendwie anders.

Ihm wurde schwindelig. Er taumelte und klammerte sich an Dancers Mähne fest.

Der große Braune machte einen Schritt zur Seite, aber es war zu eng, sodass er nicht weit gehen konnte und dem Mann Halt geben musste.

Der Mann war so müde. So verwirrt.

War das ein Traum? Warum waren diese drei fremden Pferde in seinem Schuppen?

Vielleicht konnte Cally es ihm sagen.

Cally? Hatte er sie geweckt?

Jetzt sah der große Braune ängstlich zur Tür. Er schien ein sehr nervöses Wesen zu sein. Hoffentlich konnte Cally ihm erklären, warum er hier war. Warum sie alle hier waren. Sein Herz tat weh. Er wollte nicht mehr nachdenken.

Er band den braunen Hengst so weit entfernt wie möglich von den anderen Pferden an und hoffte, dass die drei nicht nacheinander ausschlagen würden, wenn er weg war. Als er den Schuppen verließ, schloss er fest die Tür hinter sich.

Zuerst bemerkte er die Person nicht, die auf sein Haus zuging. Aber dann sah ihn der junge Mann, änderte die Richtung und kam direkt auf ihn zu.

Hatte er ihn vorher schon einmal gesehen? Kannte er ihn?

Irgendetwas erschien ihm vertraut an dem Kerl mit den schwarzen Haaren und den dunklen Augen.

„Hey, Mister, kann ich mal Ihr Telefon benutzen? Mein Auto liegt im Graben und ich brauche jemanden, der es rauszieht."

Plötzlich kam die Erinnerung wieder. Dancer. Das Auto. Endlich hatte er sein Pferd von Williams zurückgeholt.

Und er wusste auch, warum ihm der junge Mann bekannt vorkam. Es war Graham! Der Typ, der für Williams arbeitete und ihn damals ausgetrickst hatte! Wie kam es nur, dass er ihn nicht früher erkannt hatte?

Wie konnte Graham es nur wagen, hierherzukommen?

Die in ihm aufsteigende Wut sorgte dafür, dass er sich schnell und sicher bewegte. Er rannte los und schubste den jungen Mann zu Boden.

„Was soll das denn? Mister, ich muss doch nur ..."

„Halt den Mund! Ich weiß, wer du bist!"

„Nein, ich ... ich wollte doch nur ... lassen Sie mich gehen!" Der Junge fummelte in seiner Jackentasche herum.

„Du gehst überhaupt nirgendwohin! Nicht, bis du für das bezahlt hast, was du mir angetan hast!"

„Angelica!"

Der Mann erstarrte. War noch jemand hier? Er blickte sich hektisch um. Niemand, den er sehen konnte. Wen hatte der Junge also gerufen?

Und was hielt er da in seiner zitternden Hand? Eine Halskette? Ein Dieb war er also auch noch?

„Niemand wird dir jetzt helfen. Keine Angelica und auch sonst niemand. Ich kenne dich, Graham. Mich kannst du nicht reinlegen. Jetzt kriegst du endlich, was du verdienst!"

„Nein, ich bin David. Mein Name ist David! Ich schwöre es!"

Er wusste, was für ein Lügner Graham war. Und der Junge begann zu fluchen. Kathy würde es vielleicht hören.

Der Mann legte eine Hand auf Grahams Mund und zerrte ihn mit übermenschlicher Kraft, die aus lange aufgestautem Ärger geboren war, zum Haus.

David?

Deine Stimme war hier, in meinen Gedanken. Und dann war sie wieder weg. Beinahe zu schnell, um überhaupt bemerkt zu werden. Aber ich glaube, dass du es warst. Kannst du mich hören?

Stille.

Ich bin mir nicht sicher, aber ich glaube, dass er es war.

Als sie mitten auf der überwucherten Wiese war, kauerte Joanna sich dicht auf den Boden. Mr. Thomas hatte erbost geklungen, und die Wut in seiner Stimme machte ihr solche Angst, dass sie am liebsten direkt zu Raven gerannt wäre. Aber dann wurde die Tür zugeschlagen. Mr. Thomas hatte den anderen Typen mit ins Haus genommen. Das Licht fiel durch das Fenster in den leeren Hof.

Sie schlich weiter, bis sie den zusammengebrochenen Zaun hinter dem Schuppen erreicht hatte. Dann suchte sie eine Stelle, an der sie ohne Probleme darüberklettern konnte. Das Letzte, was sie jetzt brauchte, war eine alte Zaunlatte, die auf den Boden krachte und alle Welt auf sie aufmerksam machte.

Endlich war sie hinter dem Schuppen. Jetzt konnte sie die Geheimnisse der Nacht aufdecken. Sie lehnte sich gegen das dunkle Gebäude und presste ihr Ohr an die raue Wand.

Sie konnte etwas hören. Ein sanftes Murmeln, fast ein bisschen wie ein Lied in der Ferne. Sie konnte fast die Worte verstehen – aber nur fast. Wenn sie nur näher herankäme. Joanna glitt an der fensterlosen Seite des Gebäudes entlang und spähte um die Ecke. Die Tür des Schuppens war geschlossen.

Auf der anderen Seite des Hofes wurde die Haustür geöffnet. Mr. Thomas und ein Mädchen kamen auf die Veranda. Er zog die Tür hinter sich zu, während das Mädchen die Treppen herunter auf den Schuppen zueilte. Mr. Thomas folgte ihm. Er ging so steif wie eine Marionette.

Joanna zuckte zurück. Das wurde zu verrückt. Zwei Männer, die sich stritten. Eine seltsame, beruhigende Stimme, die aus dem Schuppen kam. Wahrscheinlich ein Pferd in dem winzigen Gebäude. Und jetzt dieses flinke, aufgeregte Mädchen, das zum Schuppen rannte, während Mr. Thomas wie ein Zombie hinter ihm herschlurfte. Und das alles mitten in der Nacht. Grotesk!

Was zum Teufel war hier los?

Bonnie, Breeze, ich grüße euch.

Tango, da bist du ja. Bist du in Ordnung, mein Lieber? Der Fremde, der viele Kilometer entfernt zu dir nach Hause gekommen ist, hat dich hierher gebracht? Wo ist er jetzt?

Warum hat er euch alle in diesen Schuppen gepfercht?

Ihr wisst es nicht?

Macht euch keine Sorgen. Ich werde euch nach Hause bringen.

Aber zuerst muss ich David finden. Habt ihr ihn gesehen? Er ist siebzehn Jahre alt und hat dunkles Haar und dunkle Augen. Er hat vor diesem Schuppen nach mir gerufen. Seine Stimme war voller Angst und Panik. Aber jetzt ist er weg und ich weiß nicht, wo.

Ich muss ihn finden. Was, wenn ihm etwas Schreckliches passiert ist?

Wartet! Da kommt jemand! Schnell, Tango, ich verstecke mich zwischen dir und der Wand.

Wings und Rocket Gal warteten mit gespitzten Ohren und großen Augen. Nur Dancer schien nicht sonderlich begeistert, sie zu sehen. Er stand mit hängendem Kopf in der Ecke.

„Oh nein“, sagte Kathy, die sich genauso wenig wie das Pferd zu freuen schien.

Wie kam es, dass sie nicht überglücklich war, Dancer zu sehen? Sie musste immer noch sehr müde sein. Er hatte sie ja gerade erst geweckt.

„Ich verspreche dir, dass er hierbleibt“, sagte der Mann und versuchte dabei so zuversichtlich wie möglich zu klingen. „Genauso wie Rocket Gal und Wings.“

„Wie heißt er?“

„Du erinnerst dich nicht an Dancer?“

Sie sah aus, als würde sie jeden Moment in Tränen ausbrechen.

„Mach dir keine Sorgen, Kathy. Alles wird wieder so wie früher. Ich habe auch noch eine große Überraschung für dich. Ich werde dir nicht verraten, welche, aber du wirst dich sehr freuen.“

„Nein, Opa. Ich möchte nicht, dass du noch irgendetwas für mich machst. Bitte keine Überraschungen mehr. Bitte!“

Der Schwindelanfall stürzte sich wie ein Tiger auf ihn. Er taumelte gegen Wings.

„Opa!“

„Es geht mir gut“, murmelte er. „Ich bin nur müde; das ist alles. Ich konnte nicht schlafen ...“

„Ich bringe dich ins Bett."

„Du gehst und machst dich wieder mit Dancer vertraut. Mir geht es gut." Er stolperte auf die offene Tür zu. „Achte nur darauf, dass du die Tür nachher richtig zumachst."

„Bist du sicher, dass mit dir alles in Ordnung ist?"

Sie klang besorgt, und das konnte er nicht leiden. Natürlich war er in Ordnung. „Es geht mir gut, Kathy."

„Opa."

Langsam drehte er sich um. Warum nannte sie ihn die ganze Zeit Opa?

„Ich bin Cally. Erinnerst du dich nicht?"

„Cally?" Warum kam ihm der Name so bekannt vor?

„Ja, Cally. Ich bin deine Enkelin. Hast du das vergessen? Meine Mom heißt Kathy." Ihre kalte Kinderhand lag jetzt in seiner und führte ihn zum Haus.

„Was ist los? Das Haus ..." Es musste gestrichen werden. Hatte er das nicht erst letztes Jahr gemacht? Er blickte auf das Mädchen neben ihm herab. Natürlich kannte er es. Wie konnte es das nur fragen? Es war seine Enkelin Cally. Oder?

„Setz dich hierhin", sagte Cally und führte ihn zu dem Schaukelstuhl auf der Veranda. „Ruh dich einen Moment aus."

Er nahm Platz und lehnte sich zurück. Es tat gut, sich auszuruhen. „Ich habe vergessen, die Tür vom Schuppen zu schließen", sagte er und versuchte aufzustehen.

Cally schob ihn zurück in den Stuhl. „Ich mache sie zu, Opa. Du wartest hier."

„In Ordnung." Wie herrlich es war, einfach die Augen zu schließen. Kathy konnte gut mit Pferden umgehen. Nein, Cally, nicht Kathy. Warum konnte er das nicht auseinanderhalten? Er konnte sich darauf verlassen, dass Cally sich gut um die Pferde kümmerte, während er sich etwas ausruhte.

Tango, Bonnie, Breeze, ich kann erst nach David suchen, wenn die Menschen im Bett sind. Könnt ihr mir sagen, wie ihr hierher gekommen seid, während ich hier warte?

Bonnie, du sagst, dass dieser Mann zu dir auf die Weide gekommen ist und dich gestohlen hat. Du hast mich nicht gerufen, weil du ihn für einen netten Menschen gehalten hast. Aber jetzt sitzt du seit drei Tagen in diesem Schuppen fest und sehnst dich nach saftigem Gras und Sonne.

Breeze, du bist mit dem Mann gegangen, weil sich zu Hause niemand um dich gekümmert hat. Dieser Mann schien sich für dich zu interessieren, also bist du ihm freudig gefolgt. Du sagst, es würde dich überraschen, wenn die Eltern deiner Besitzerin überhaupt gemerkt hätten, dass du nicht mehr da bist? Wie traurig.

Tango, deine Geschichte kenne ich teilweise schon. Der Mann hat dich aus dem Stall gestohlen und ist mit dir über den Asphalt galoppiert, um dich hierher zu bringen?

Du wärst fast von einem Auto erwischt worden? Du meine Güte!

Deine Beine tun immer noch weh, sagst du? Soll ich deine Verletzungen heilen, Tango? Okay, mein Lieber.

Das ist schon besser, nicht wahr? Jetzt haben die Menschen sich bestimmt hingelegt. Ich werde David suchen. Ich komme bald zurück und bringe euch nach Hause.

Die Tür geht auf. Sie sind zurück! Ich muss mich verstecken.

Zu spät!

Joanna wollte gerade um die Ecke spähen, als sie hörte, wie sich die Tür öffnete. Den Bruchteil einer Sekunde später durchdrang ein schriller Schrei die Nacht.

Sie erstarrte, als sie vom Haus her lautes Gebrüll hörte.

Dann rannte der alte Mann zu dem Schuppen. „Kathy! Kathy!“

„Wer bist du?“, hörte Joanna das Mädchen aus dem verfallenen Gebäude kreischen.

„Ich werde dir ...“

„Bleib weg von mir!“

„... nichts tun.“

„Opa!“

„Kathy!“

Mr. Thomas riss die Tür des Schuppens stürmisch auf. „Geh weg von meiner Tochter!“, brüllte er.

Das Pferd trat gegen die Wand, hinter der Joanna stand. Dann schien ein viel, viel helleres Licht als das der elektrischen Lampen durch die Ritzen der Bretter. Im Schuppen ertönten Geräusche eines Kampfes. Jemand fiel hin. Einen Moment später taumelte eine Gestalt um das Gebäude herum und stieß fast mit Joanna zusammen. Ein Mädchen mit langen, weißblonden Haaren.

„Bist du okay, Opa?“, hörte Joanna das Mädchen im Schuppen mit schriller Stimme fragen. „Hat sie dir wehgetan?“

Die Blonde blieb stehen und lehnte sich schwer atmend an die Wand. Sie sah aus, als könne sie kaum noch stehen,

geschweige denn vor Mr. Thomas weglaufen. Er war groß und sah selbst für einen alten Mann unglaublich stark aus.

„Komm mit mir. Schnell“, flüsterte Joanna und reichte der Fremden die Hand.

Joanna führte sie so schnell sie konnte vom Schuppen weg. Sie schien krank zu sein, so wie sie vor Erschöpfung keuchend hinter Joanna herstolperte.

Hoffentlich waren die Lampen im Haus zu schwach, um bis hierhin zu leuchten.

Bitte mach, dass sie weggehen. Bitte mach, dass sie ins Haus gehen. Joanna schloss die Augen. Bitte, bitte, bitte.

Sie hätte alles dafür gegeben, wieder im Wald bei Raven zu sein. Oder in ihrem Bett und Raven sicher in seiner Box. Aber was wäre dann mit dem fremden Mädchen geschehen?

Solange Mr. Thomas und das andere Mädchen zum Haus gehen, bin ich froh, dass ich gekommen bin, beschloss Joanna. Aber sie müssen zum Haus gehen.

Bitte.

Herr, ich danke dir für dieses Mädchen. Der Griff des Mannes war hart wie Eisen. Wenn ich ihn nicht mit meinem Leuchten überrascht hätte, hätte ich mich nicht von ihm losmachen können. Es war zu viel auf einmal – Tangos Bein heilen und dann das Leuchten. Ich hätte nicht die Kraft gehabt, alleine zu flüchten.

Aber das Mädchen war da, um mich zu retten. Ein Wunder! Ich werde ihm für immer dankbar sein. Ihm und den Mächten, die es hier zu dem Schuppen geführt haben.

Ich sehe die beiden hinter uns. Sie schauen in die Dunkelheit, aber ich kann ihren Blick nicht spüren. Wir sind in der Nacht verborgen. Auch dafür bin ich dankbar.

Dieses Mädchen ist tapfer. Es könnte eine große Hilfe sein. Ob es wohl mit mir zurückgeht, um David zu suchen, wenn der Mann und seine Enkelin schlafen gegangen sind? Wenn ich nicht mehr schwach bin. Wenn ich mich erholt habe.

Kathy sagte etwas neben ihm, aber er verstand nicht, was. Er lauschte, ob er eine Bewegung des seltsamen Wesens hörte, das er fast gefangen hätte. Es hatte ausgesehen wie ein etwa 16 oder 17 Jahre altes Mädchen, aber er wusste, dass es etwas anderes war. Etwas nicht Menschliches.

„Sie ist weg, Opa. Du solltest ins Bett gehen."

Wie konnte er? Er würde doch die Pferde nicht alleinlassen, wenn dieses Wesen in der Nähe war. Er wusste schon, was es ihnen antun würde.

„Wenn du möchtest, kann ich bei den Pferden bleiben."

„Nein." Der Gedanke war noch unerträglicher. Wenn Kathy etwas passierte, würde er sich das nie verzeihen. Nie.

„Aber Opa. Ich kann auf die Pferde aufpassen. Wirklich. Ich bin mir sicher, dass das Mädchen nicht zurückkommt. Und du musst dich ausruhen."

„Warum nennst du mich so?"

„Wie?"

„Opa." Er gähnte. Er war so müde, dass er kaum noch einen klaren Gedanken fassen konnte. Vielleicht hatte sie ihn gar nicht Opa genannt. Vielleicht hatte er sich das nur eingebildet.

„Siehst du? Du bist so müde, dass du vergesslich wirst." Als sie keine Antwort bekam, fügte sie hinzu: „Ich bin mir sicher, dass den Pferden nichts passieren wird, wenn du den Schuppen abschließt."

Das machte ihn munter. Kathy hatte recht. Wenn der Schuppen fest verriegelt war, konnte er ruhig schlafen. Vorausgesetzt, sie kam mit ihm ins Haus. Er würde sie nie wieder alleinlassen. Obwohl er sich nicht mehr daran erinnern konnte, warum ...

Was für verrückte Träume er gehabt hatte! Graham auf seinem Hof? Das würde nie geschehen! Ein übernatürliches Mädchen, das die Pferde angriff?

Kathy sah fast schon ein bisschen zu erleichtert aus, als er ihr sagte, dass er etwas schlafen würde. Sie schlang die Arme um seine Hüfte und drückte ihn ganz fest. „Ich liebe dich, Opa."

Er war so gerührt, dass er es nicht übers Herz brachte, ihr zu sagen, dass er ihr Vater und nicht ihr Opa war.

Als sie den Zaun erreicht hatten, der die beiden Grundstücke voneinander trennte, hatte Joannas Taschenlampe den Geist aufgegeben. Sie half dem schwachen fremden Mädchen hindurch und führte es dann weiter durch den Wald.

„Ravie“, flüsterte sie, als sie auf den Weg kamen.

Das Wiehern erklang von rechts.

„Hier lang“, sagte sie zu der Fremden. „Du kannst auf ihm zu unserem Haus reiten.“

„Danke, aber ich kann noch nicht weggehen.“ Das Mädchen sprach sanft, trällernd und melodisch. Es war seine Stimme gewesen, die Joanna in dem Schuppen gehört hatte. Wer war es? Warum war es dort gewesen? Hatte es auch den Schuppen ausspioniert?

Als sie das schwarze Pony erreicht hatten, lehnte sich das Mädchen gegen seinen Hals.

„Ich glaube, du kommst besser mit zu mir. Meine Mom und mein Dad können dich zu einem Arzt bringen.“

„Ich muss mich nur ein bisschen ausruhen.“ Das Mädchen ließ sich vor Raven auf den Boden sinken. „Ich bin nur müde.“

Die Äste rauschten leise in der Nachtbrise, die Bäume wiegten sich sanft und eine Maus raschelte im Unterholz. Der Atem des Mädchens wurde langsamer. Ruhiger.

„Was hast du da gemacht?“, fragte Joanna.

„Ich wollte einem Freund helfen, aber das Mädchen hat mich gesehen. Es hat geschrien und der Mann kam angerannt, um ihm zu helfen. Er ist sehr stark.“

„Wie bist du entkommen?“

„Ich ... äh, habe ihn überrascht und konnte mich so seinem Griff entwinden. Dann bist du gekommen. Ich bin dir so dankbar. Wie heißt du?“

„Joanna.“

„Ich bin Angelica. Danke, dass du mich gerettet hast, Joanna. Und dir auch danke, Raven.“ Das Mädchen stand anmutig auf und schlang seine Arme um den Hals des Ponys.

„Ging es dem Pferd im Schuppen gut?“ Joanna hielt inne. „Woher wusstest du, dass er Raven heißt?“

„Du hast vorhin Ravie zu ihm gesagt, weißt du noch?“ Angelica drehte sich zu Joanna um. „Ich brauche deine Hilfe. Kannst du mir helfen?“

„Das Pferd im Schuppen wird schlecht behandelt, oder?“

„Es ist nicht nur ein Pferd. Es sind drei.“

„Drei? In dem winzigen Schuppen?“

„Ja. Drei gestohlene Pferde.“

„Gestohlen?!“

„Aber deswegen bitte ich dich nicht um Hilfe.“

„Was könnte denn noch wichtiger sein?“

„Mein Freund David. Er war auch da, ist jetzt aber weg. Ich habe Angst, dass ihm etwas passiert ist. Ich habe Angst, dass der Mann, der dort wohnt, ihm etwas angetan hat.“

„Ich habe vorhin gehört, dass Mr. Thomas und noch ein Typ sich angebrüllt haben“, bemerkte Joanna. „Mr. Thomas sagte einen anderen Namen, aber dann meinte der Typ, dass er David heißt.“

„Hast du gesehen, was dann passiert ist?“

„Nein, leider nicht. Sie wurden einfach leise, und dann hörte ich die Tür schlagen und die Lichter im Haus gingen an. Vielleicht sind sie reingegangen, um miteinander zu reden.“

„Das glaube ich nicht.“ Angelica sprach langsam und nachdenklich. „Ich vermute, dass Mr. Thomas mit David etwas Schlimmes gemacht hat.“

Joanna schüttelte den Kopf. „Mr. Thomas ist nicht böse.“ Sie holte tief Luft. „Aber er hat nichtsdestotrotz Pferde gestohlen.“

„Wirst du mir helfen, Joanna?“

Sie zögerte. Sie kannte das Mädchen noch nicht einmal. Aber konnte sie wirklich Nein sagen, wenn Mr. Thomas drei gestohlene Pferde in seinem Schuppen hielt und Angelicas Freund etwas angetan hatte? „Ich weiß nicht, was ich machen kann“, sagte sie schließlich. „Aber ich werde es versuchen.“

Kathy war im Bett. Die Pferde standen sicher im Stall. Endlich konnte er schlafen. Er legte sich hin und schloss die Augen. Die ganze Zeit fürchtete er sich vor dem, wovon er wusste, dass es passieren würde.

Augenblicklich hatte er das Gefühl, nach hinten zu fallen, in einen Abgrund zu stürzen. Er riss die Augen auf. Nein, er war immer noch in seinem Zimmer.

Er schloss die Augen wieder – und fiel erneut. Er öffnete die Augen. Dieses Mal atmete er einige Male tief durch, bevor er sie wieder zumachte. Und fiel schon wieder! Es hatte keinen Zweck, dagegen anzukämpfen. Er konnte ebenso gut aufgeben. Er war zu müde und brauchte den Schlaf. Also würde er einschlafen, trotz der Träume, die kommen würden, um ihn an sein Versagen zu erinnern.

Er fiel. Tiefer. Tiefer. Tiefer.

Und dann riss ihn ein plötzlicher Gedanke hoch. Im Straßengraben war ein Auto, das er unbedingt verschwinden lassen musste, bevor es entdeckt wurde. Oder hatte ihn jemand gebeten, es wegzubringen? Er konnte sich nicht mehr daran erinnern.

Wie auch immer, das Resultat war das gleiche. Diese Nacht würde es keinen Schlaf geben. Auch gut. Die Träume hasste er sowieso am meisten von allem. Er dachte an die Pferde, die über ihm standen und ihn mit leeren Augen anstarrten. Sie waren alle dunkelgraue Schimmel und sahen aus, als würden sie seit hundert Jahren dort stehen und wären voller Staub.

Immer wenn er ein paar Minuten bei der Herde stand, bemerkte er plötzlich, dass Kathy einige Meter hinter ihm war. Sie zu sehen, war immer der schlimmste Teil des Traums – der müde, sorgenvolle Ausdruck in ihren Augen, wenn sie ihn anschaute. Enttäuscht. Beinahe anklagend.

Er hatte ihre Kindheit nicht ruinieren wollen, entschuldigte er sich dann immer. Wieder und wieder bat er sie um Vergebung. Aber sie schien ihn nie zu hören. Und auch die Pferde nicht. Sie starrten ihn einfach unerbittlich an und warteten darauf, dass er es wiedergutmachte.

Er schauderte, als er sich die Jeans anzog. Aber die stummen Anklagen waren nicht das Schlimmste. Das war, wenn die Pferde sich langsam teilten und Kathy durch die Herde auf ihn zuging. Sie sprach nie, sah ihn nur an, aber seine Schuld war wie Getrommel in seinem Schädel. Er wusste, dass sie guten Grund hatte, enttäuscht von ihm zu sein. Er war ein Versager.

Er legte das Gesicht in die Hände und versuchte die schrecklichen Bilder aus seinem Kopf zu bekommen.

Gott sei Dank musste er diese schlimme Erfahrung heute Nacht nicht machen. Stattdessen würde er seinen Pick-up holen gehen und den Wagen aus dem Graben ziehen, bevor ihn jemand sah. Und wenn er fertig war, würde es morgen sein. Vielleicht konnte er tagsüber etwas schlafen, ohne dass die Träume ihn quälten.

Er konnte nicht warten, bis Thunder auch zu Hause war. Vielleicht würde der Traum dann ja endlich aufhören. Vielleicht hatte er dann Frieden.

Robbie schien darauf aus, sie noch mehr zu ärgern als sonst. Erst brüstete er sich damit, dass Joanna vermutlich ihren Teil der Boxen noch nicht ausgemistet hatte, während er schon fertig war. Dann beschimpfte er sie, weil Silver Skys Trense nicht mehr so blitzblank war, wie sie ausgesehen hatte, bevor Joanna den Schimmel geritten hatte. Und schließlich meckerte er, dass sie nicht gut auf Raven aufpassen würde, weil das Pony müde wirkte. Als er auch noch „versehentlich" ihre volle Schubkarre umstieß, riss ihr der Geduldsfaden. Aber da kam gerade ihr Dad auf den Hof. Sofort wurde Robbie wieder perfekt und tat sogar noch so, als würde er ihr helfen, den ganzen Mist wieder aufzusammeln.

Als er mit Silver Sky auf den Platz ging, war sie so genervt, dass sie fast ihre Mom anbrüllte, als die ihr sagte, dass sie mit ihr einkaufen gehen wolle. Sie musste in den Wald, um sich dort mit Angelica zu treffen. Sie hatte es versprochen.

Sie zählte leise bis zehn, bevor sie sprach: „Ich kann nicht, Mom."

„Natürlich kannst du, Liebes. Ich habe bereits mit deinem Dad gesprochen. Er sagt, dass du den ganzen Morgen wie ein Profi gearbeitet hast und etwas Freizeit verdienst."

„Aber ich bin in ein paar Minuten mit einer Freundin verabredet."

„Ach?"

„Und du weißt, wie wichtig es ist, sich mit seinen Freunden zu treffen, Mom. So wie du jeden zweiten Samstag deine Freundinnen siehst." Joanna musste fast lächeln. Der letzte Satz war ein Argument, gegen das ihre Mutter schwer etwas einwenden konnte. Schließlich behandelte sie die zweiwöchentlichen Verabredungen mit ihren Freundinnen wie heilige Rituale.

„Siehst du deine Freundin nicht in der Schule?"

„Äh, nein. Sie geht nicht in die Schule."

„Wer ist sie denn? Wo willst du sie denn treffen?" Die blauen Augen ihrer Mutter hatten plötzlich einen misstrauischen Ausdruck angenommen.

Was sollte sie sagen? „Äh, sie wohnt ... nebenan."

„Bei den Masons?"

„Nein. Sie wohnt bei Mr. Thomas. Sie heißt Kathy." Gott sei Dank hatte Mr. Thomas letzte Nacht den Namen laut gebrüllt.

Joanna wich dem Blick ihrer Mutter nicht aus. Sie log ja nicht wirklich. Sie würde ja zu Kathys Haus gehen, allerdings nur, um dort mit Angelica nach David zu suchen. Aber danach hatte ihre Mom nicht gefragt.

„Nun ja ..." Joannas Mutter seufzte. „Du wirst mir fehlen, aber ich nehme an, dass Freunde auch wichtig sind. Nicht so wichtig wie die Familie, aber dennoch wichtig."

„Danke, Mom." Voller Glückseligkeit ignorierte Joanna den Versuch ihrer Mutter, ihr Schuldgefühle einzureden. Selbst wenn sie heute gerne einkaufen gegangen wäre, hätte sie nicht gekonnt. Sie hatte etwas versprochen. „Ich wusste, dass du es verstehen würdest. Wir gehen nächste Woche, ja?"

„Nächsten Samstag bin ich mit meinen Freundinnen essen. Aber, hey, warum kommst du nicht einfach mit? Becky, Jenny und Eva haben dich eine Ewigkeit nicht mehr gesehen."

„Na klar“, sagte Joanna und versuchte, nicht das Gesicht zu verziehen. Mittagessen mit ihrer Mom und deren drei schwatzhaften Freundinnen – na toll.

„Und, Süße? Sieh zu, dass du um zwei zu Hause bist. Jason und Capri kommen zu einem späten Mittagessen vorbei.“

„Super“, sagte Joanna. Und diesmal meinte sie es auch so. Sie liebte es, wenn ihr älterer Bruder Jason sie besuchte. Die ganze Familie mochte seine neue Frau sehr gern. Sie war einer der witzigsten Menschen, die Joanna je getroffen hatte.

Als ihre Mom weg war, kehrte sie den Rest Mist weg und machte sich dann an die letzte dreckige Box. In ein paar Minuten würde sie fertig sein.

Robbie schlenderte in den Stall und führte den schnaufenden Silver Sky. Er drückte ihr die schweißverklebten Zügel in die Hand. „Kümmere dich um ihn. Er muss sich abkühlen.“

„Was glaubst du eigentlich, wer ich bin? Deine Dienerin?“ Das war zu viel des Guten, und Robbie wusste das auch. Ihr Vater bestand immer darauf, dass sie sich selbst um ihre Pferde kümmerten und sie trocken führten.

„Na schön“, sagte Robbie und entriss ihr die Zügel. Silver Sky schnaubte und wich zurück. Robbie drehte sich auf dem Absatz um und führte den Hengst weg. „Ich dachte nur, dass du einmal etwas Sinnvolles machen könntest, anstatt mir und Dad noch mehr Arbeit zu machen. Wenn du wenigstens richtig ausmisten könntest, das wäre schon was.“

Joannas Kiefer schmerzte, so sehr biss sie die Zähne zusammen. Sie beobachtete, wie Robbie Silver Sky aus dem Stall führte, und sie überlegte, ob sie etwas – irgendetwas Geistreiches – sagen könnte. „Ja gut ...“, begann sie. Mehr fiel ihr jedoch nicht ein. Und dann war er weg. Heiße Tränen traten ihr in die Augen. Warum war er so gemein? Es war, als ob er sie ganz plötzlich hassen würde. So fies war er früher nie gewesen. Tatsächlich hatte er sie bis vor zwei Wochen die meiste Zeit gar nicht beachtet.

Draußen erklang ein lautes Wiehern und Joanna wischte sich die Tränen weg. Sie hatte bessere Dinge zu tun, als über Robbie nachzudenken. Zum Beispiel den jungen Stuten ihr Futter zu geben. Ihr Vater hatte sie mit der wichtigen Aufgabe betraut und sie wollte es richtig gut machen. Er musste sehen, dass sie verantwortungsbewusst genug war, um sich den ganzen Sommer über um die jungen Stuten zu kümmern. Entgegen Robbies Ansicht musste er merken, dass sie nützlich war. Vielleicht würde ihr Vater es sogar zulassen, dass sie einen Teil ihrer Erziehung übernahm. Wie herrlich das wäre!

Es war schwer, die jungen Stuten zu verlassen, kaum dass sie ihr Futter gefressen hatten. Aber Joanna wusste, dass Angelica auf sie wartete. Sie ritt mit Raven durch den Wald. Als sie die Stelle erreicht hatte, von der aus sie Mr. Thomas' Haus zwischen den Bäumen sehen konnte, stieg sie ab und klopfte dem Pony die Schulter.

„Bist du da, Angelica?“ Sie rief nicht laut, für den Fall, dass ihr Nachbar in der Nähe war.

Angelica trat hinter einem Baumstamm hervor. Ihr blondes Haar war sogar noch heller als die Sonnenstrahlen. „Ja, ich bin hier.“

Joanna wich zurück. Kein Wunder, dass das Nachbarsmädchen beim Anblick von Angelica geschrien hatte. Bis jetzt war Joanna nur im Dunkeln mit ihr zusammen gewesen und hatte nicht bemerkt, wie seltsam sie bei Tageslicht aussah. Ihr Haar war lang und blond – wie bei vielen anderen Mädchen – aber ihre Augen sahen wie goldene Kugeln in ihrem Gesicht aus. Und obwohl sie kein sichtbares Licht ausstrahlte, schien sie trotzdem dank einer unsichtbaren Kraft zu leuchten.

Energie, das war es. Angelica strahlte eine seltsame, überirdische Energie aus.

„Die Enkelin ist vor etwa einer Stunde in den Schuppen gegangen. Sie ist noch nicht wieder rausgekommen“, fuhr Angelica fort. „Den Mann und David habe ich den ganzen Morgen noch nicht gesehen.“

„Wie ... äh ... sollen wir nach ihm suchen, wenn das Mädchen herumläuft und Mr. Thomas im Haus ist?“, stammelte Joanna. Angelica war die Gleiche wie in der vergangenen Nacht. Das musste sie sich ins Gedächtnis rufen. Und abgesehen davon – Raven mochte sie und das dunkle Pony war ein exzellenter Menschenkenner.

Angelica seufzte. „Ich weiß es nicht. Ich hatte gehofft, du hättest eine Idee.“

„Gehen wir mal näher ran. Vielleicht sehen wir etwas.“

Joanna band Raven an einem Baum fest und gab ihm etwas von dem Futter, das sie sich von den jungen Stuten abgespart hatte. Bevor sie ging, hielt sie das Gesicht dicht an das Ohr des Ponys. „Sei lieb und wiehere nicht“, flüsterte sie. „Wir kommen so bald wie möglich wieder.“

Die beiden Mädchen ließen Raven stehen und schlichen durch den Wald zu Mr. Thomas' Anwesen. Wenig später waren sie durch den Zaun geklettert und befanden sich auf der überwucherten Wiese. Joanna warf einen Blick zurück in Ravens Richtung, konnte ihn im Dickicht der Bäume aber nicht sehen. Er war dort bestimmt in Sicherheit.

„Angelica, soll ich mit dem Mädchen reden?“, flüsterte Joanna schüchtern, als sie den zusammengebrochenen Zaun an der Hinterseite des Schuppens erreicht hatten.

„Glaubst du denn, es hört auf dich? Vielleicht schreit es um Hilfe; und es kann ganz schön laut schreien."

„Es könnte funktionieren, weil ..." Joanna machte eine Pause. „Na ja, ich bin nicht so ... weißt du ... so auffällig wie du." Wie dumm, so etwas zu sagen. Jetzt würde Angelica bestimmt sauer auf sie sein.

Das goldhaarige Mädchen lächelte bedauernd. „Manchmal ist es sehr lästig, auffällig zu sein."

„Entschuldigung."

„Warum entschuldigst du dich? Du hast mich ja nicht so gemacht."

„Okay, dann tut es mir nicht wirklich leid." Joannas angespannte Gesichtsmuskeln lösten sich zu einem Lächeln. „Ich bin froh, dass du nicht zu den Leuten gehörst, die gleich die Fäuste ballen, wenn ich etwas Doofes sage."

„Deine Worte sind nicht doof, nur ehrlich."

Da ertönte ein Geräusch aus dem Schuppen. Die beiden schwiegen und lauschten.

„Nach allem, was ich weiß, wird das Mädchen uns nicht verpfeifen", wisperte Joanna. „Ich bitte es, dass es uns hilft, David zu finden."

„Und wenn es schreit?"

„Wenn Mr. Thomas angerannt kommt, kannst du schnell ins Haus gehen und nachschauen, ob David dort ist."

Angelica schüttelte den Kopf. „Ich weiß nicht, Joanna. Was, wenn er dir etwas antut?"

„Wir wissen noch nicht einmal sicher, was er mit David gemacht hat."

Angelica biss sich auf die Lippen.

„Mir wird schon nichts passieren", fuhr Joanna fort. „Ich werde ihn daran erinnern, dass ich ein Kind der Nachbarsfamilie bin und ich werde ihm sagen, dass ich seine Enkelin besuchen möchte, weil sie neu hier ist. Und wenn sie nicht schreit, werde ich ein paar Minuten mit ihr reden, bevor du in den Schuppen kommst, okay?"

Angelica holte tief Luft. „Okay, aber sei bitte vorsichtig."

„Das bin ich."

„Ich verstecke mich hinter dem Haufen Gerümpel dort." Angelica deutete auf eine riesige Ansammlung von Bauschutt, der früher wahrscheinlich einmal ein Stall gewesen war. „Joanna?"

„Ja?"

„Ich danke dir. Ohne dich ginge das nicht."

Joanna errötete. „Kein Problem."

Angelica eilte davon. Joanna wartete, bis die Fremde außer Sichtweite war und einen Aussichtspunkt gefunden hatte von wo aus sie alles beobachten konnte. Dann betrachtete sie den Schuppen und atmete tief durch.

Wie sollte sie sich der Enkelin von Mr. Thomas nähern, damit sie ihnen helfen würde? Wenn sie doch nur so ruhig und verständnisvoll wie Angelica wäre – Joanna hatte allerdings das Gefühl, dass sie das nicht war. In Gedanken hörte sie das Mädchen schon schreien.

Ich spreche ein Gebet, damit Joanna nichts passiert.

Sie kann sich nicht vorstellen, wie stark dieser Mann ist. Er hatte kein Problem damit, David zu überwältigen, obwohl der um einiges älter und stärker ist als Joanna. Selbst ich hatte Glück, dass ich ihm entwischt bin.

Ich mache mir solche Sorgen um David. Wo ist er? Was ist mit ihm passiert? Was hat der Mann ihm angetan? Und warum?

Joanna presste sich flach mit dem Rücken an den Schuppen. Durch die Wand konnte sie das Mädchen leise mit den Pferden reden hören. Ein Huf kratzte auf dem Holzboden. Ein großer Körper rieb sich an der rauen Wand.

„Steh still, Dancer“, sagte das Mädchen ein bisschen lauter.

Das Pferd trat gegen etwas. Bei dem Knall zuckte Joanna zusammen.

„Brr, Dancer. Brr.“ Mr. Thomas’ Enkelin klang verzweifelt. Sie brauchte Hilfe. Eine gute Gelegenheit.

Joanna eilte um den Schuppen herum und klopfte an die Tür. „Hallo? Ist da jemand?“, rief sie, so als ob sie eine ahnungslose Besucherin wäre. Alle Geräusche in dem Gebäude verstummten. Joanna drückte auf die Klinke und ging hinein.

Ein Mädchen in ihrem Alter und mit rotblonden Haaren stand neben einem großen, braunen Vollblüter – und zwar ziemlich nah. Das große Pferd sah aufgeregt aus, und Joanna wusste, wie schnell Pferde sich bewegen oder ausschlagen konnten, wenn sie wütend oder verängstigt waren.

„Entschuldigung“, sagte Joanna. „Ich habe ein Geräusch gehört und bin dann näher gekommen.“

„Wer bist du?“, stammelte das Mädchen.

„Ich bin Joanna und wohne nebenan. Ich habe gehört, dass ein Mädchen bei Mr. Thomas wohnt, und dachte, ich komme einmal vorbei und sage Hallo.“ Ihr Blick wanderte zu den anderen beiden Pferden in dem winzigen Schuppen.

Das erste war eine schwarze Stute – vielleicht ein Traber – und das zweite ein Fuchswallach, bei dem es sich entweder um ein Quarter Horse oder um eine Mischung aus Vollblüter und Quarter Horse handelte. Dann sah sie wieder den großen Braunen an. Er kam ihr bekannt vor. Hatte sie ihn schon einmal gesehen?

Ja!

„Das ist Tango", sagte Joanna und hätte sich im selben Moment am liebsten auf die Zunge gebissen. Vielleicht hätte sie vorher besser nachdenken sollen. Aber jetzt gab es kein Zurück mehr.

„Was meinst du damit? Das ist Dancer. Er gehört meinem Opa."

Joanna ging zu dem herrlichen Pferd. „Nein. Ich kenne ihn und er heißt definitiv Tango. Ich habe Videos von einigen seiner Rennen gesehen. Er ist jetzt im Ruhestand, ist aber so eine Art lokale Berühmtheit. Er steht auf einem Hof, der nur ein paar Kilometer von hier entfernt ist."

Das Mädchen trat zwischen sie und das Pferd. „Das ist das Pferd von meinem Opa. Du irrst dich."

Joanna starrte in die zu Schlitzen verengten grünen Augen der anderen. „Das glaubst du doch selber nicht, oder?"

„Ich möchte, dass du jetzt gehst."

Hinter dem Mädchen legte der Hengst die Ohren noch dichter an den Kopf. Er trat gegen die Rückwand des Schuppens. Das Mädchen zuckte zusammen, wendete aber den Blick nicht von Joanna ab.

„Nein, sie glaubt nicht, dass das Pferd ihrem Großvater gehört."

Joanna wirbelte herum und sah Angelica im Türrahmen stehen.

Alle drei Pferde lebten sofort auf. Zum ersten Mal sah Joanna, dass Tango die Ohren spitzte. Er ging an Mr. Thomas' Enkelin und an ihr vorbei und ignorierte völlig, dass er Erstere am Ende des Stricks hinter sich herzog.

Angelica legte ihre Wange an seine Nüstern und schloss die Augen. Dann zog sie ihm den Schopf gerade. „Mach dir keine Sorgen, Tango. Ich werde dir helfen."

„Er heißt nicht Tango. Er heißt Dancer." Obwohl das Mädchen völlig verängstigt wirkte, sprach es jetzt lauter. „Ihr geht jetzt besser, sonst rufe ich meinen Opa." Seine Stimme zitterte.

„Er heißt Tango." Angelica deutete auf die Rappstute. „Und das ist Bonnie." Sie zeigte jetzt auf den Fuchs. „Das ist Breeze."

„Nein, das sind Rocket Gal und Wings." Das Mädchen sprach so leise, dass Joanna es kaum hören konnte. Zum ersten Mal fühlte sie so etwas wie Sympathie für die Rothaarige. Sie sah so verängstigt aus, so elend.

„Du heißt Kathy? Ich habe gehört, dass dein Großvater dich gestern Nacht so genannt hat", sagte Angelica sanft.

Das Mädchen ließ die Schultern hängen. „Nein. Ich heiße Cally."

„Ich dachte mir schon, dass er dich mit jemandem verwechselt hat." Als Cally auf den Boden blickte, fügte Angelica hinzu: „Es tut mir leid."

„Leid? Was?", fragte Joanna. „Und warum nennt er dich Kathy?"

„Er verwechselt Gegenwart und Vergangenheit", erklärte Angelica. „So etwas passiert manchmal bei älteren Menschen. Und es tut mir leid, weil, nun ja ..." Sie blickte Cally mitfühlend an.

„Ist schon in Ordnung. Ich kenne die Wahrheit." Cally hielt inne und schluckte. „Ich weiß, dass es wahrscheinlich nicht besser wird." Sie ließ Tangos Führstrick fallen, setzte sich auf einen Heuballen und legte die Hände vor das Gesicht. „Eine Woche, nachdem ich hier ankam, begann er, mich Kathy zu nennen. Zuerst dachte ich, er würde Witze machen und so tun, als ob ich meine Mom wäre. Sie heißt Kathy."

„Hat er mit dir auch über die Pferde gesprochen?", ermutigte Angelica sie, weiterzureden.

„Ja."

„Er hat also wirklich geglaubt, dass die Pferde ihm gehören?", fragte Joanna.

„Er hat mir gesagt, dass er sie nach Hause holen würde. Und dann hat er das auch gemacht."

„Was ist mit seinen Pferden passiert?", fragte Joanna, obwohl sie es sich schon denken konnte. Sie hatte gehört, dass Mr. Thomas sein ganzes Geld verloren hatte und die Pferde verkaufen hatte müssen, um die Schulden zu bezahlen. Das war eine Ewigkeit her, aber wenn er Gegenwart und Vergangenheit durcheinanderbrachte und seine Enkelin sogar bei dem Namen seiner Tochter nannte, konnte es für ihn so sein, als wäre das alles erst in der vergangenen Woche passiert.

Cally starrte auf den Boden. „Jemand hat sie gestohlen. Das hat er zumindest gesagt." Sie sah auf und hatte die Augen voller Tränen. „Eines Tages hat er mich hierher gebracht und Wings – ich meine Breeze – stand im Schuppen. Zuerst fand ich das toll, aber dann kam auch noch der Rappe. Wie war gleich sein Name?"

„Bonnie."

„Bonnie. Und er hat immer wieder von Dancer geredet, den er auch bald zurückholen würde. Ich habe mich schon gefragt, ob er sie wohl gestohlen hat. Aber ich wusste nicht, was ich machen sollte."

„Warum hast du niemandem davon erzählt?", fragte Joanna.

„Wem denn?“ Cally sah sie verzweifelt an. „Ich kenne keinen von Opas Freunden und kann es auch nicht der Polizei erzählen. Sie würden ihn einfach ins Gefängnis stecken. Das Einzige, was mir einfiel, war, darauf zu warten, dass Mom und Dad aus dem Urlaub zurückkommen.“

Cally hielt sich wieder die Hände vor das Gesicht.

„Wir verstehen dich“, sagte Angelica. Sie setzte sich neben Cally auf den Heuballen. „Aber jetzt können wir dir helfen. Du bist nicht mehr allein damit.“ Sie legte dem Mädchen den Arm um die Schultern.

Cally sprang auf, als ob sie von etwas gestochen worden wäre. „Ihr dürft niemandem davon erzählen. Ich weiß, dass meine Mom und mein Dad alles wieder geradebiegen können. Sie kommen morgen früh aus dem Urlaub zurück. Bis morgen werden die Pferde das aushalten, oder? Es ist fast vorbei. Ich passe gut auf sie auf. Das verspreche ich.“

Joanna sah sich um. „Ich weiß ja nicht. Der Schuppen ist ganz schön eng. Was, wenn eins der Pferde ein anderes tritt? Tango sieht ganz schön gestresst aus, und er ist größer als die beiden anderen. Er könnte ihnen wehtun.“

Angelica nickte. „Tango möchte nach Hause. Er ist nicht gerne hier. Und Bonnie auch nicht. Sie ist trächtig, und ihr tun die Beine weh, wenn sie zu lange auf einer Stelle steht.“

„Sie ist trächtig?“

Angelica nickte. „Und nicht sehr glücklich. Nur Breeze ist glücklich hier.“

„Ist er das?“ Callys Stimme war ganz sanft, als sie zu dem muskulösen Quarter Horse sah.

„Ja, er liebt die Aufmerksamkeit, die du ihm schenkst. Er bekommt zu Hause nicht viel davon.“ Angelica lächelte.

Cally erwiderte das Lächeln nicht. „Seht ihr. Vielleicht ist es für sie ja gar nicht so übel. Bitte, sagt es keinem.“ Ihr Kinn zitterte. „Wenn ihr das jemandem erzählt, wird man

Opa ins Gefängnis werfen. Und wenn ihr sie heimlich wieder in ihren richtigen Stall bringt, wird er sie noch mal stehlen. Das ist zu gefährlich für ihn und die Pferde."

„Aber ..."

„Ich glaube, Cally hat recht", unterbrach Angelica Joanna. „Die Pferde können bleiben, solange sie wollen." Sie sah in Tangos schwermütige Augen. Er schlug mit dem Kopf und schnaubte. Dann wich er zurück in seine Ecke und stand still da.

Angelica ging zu Bonnie. Ihre Fingerspitzen fuhren über das rabenschwarze Fell des Tieres. Bonnie seufzte und senkte den Kopf.

„Was macht sie da?", flüsterte Cally und sah Joanna an.

Angelica ging weiter zu Breeze.

Joanna wusste nicht, was sie darauf antworten sollte. So etwas Seltsames hatte sie ja auch noch nie gesehen, aber es wirkte, als würde Angelica die Pferde um Erlaubnis fragen, sie noch eine weitere Nacht hierzulassen.

Endlich drehte sich das Mädchen mit dem goldenen Haar zu ihnen um. „Wenn du versprichst, Cally, dass sie hier in Sicherheit sind, werden sie bis morgen bleiben."

Cally zögerte keinen Moment. „Ich verspreche es. Aber wie hast du ..."

„Da ist noch etwas", unterbrach Joanna sie. „Du müsstest uns auch einen Gefallen tun."

„Alles, solange ihr Opa nicht verratet", sagte Cally. „Sag mir einfach, was ich machen kann."

„Mein Freund David wird vermisst", sagte Angelica. „Er war letzte Nacht hier und ich habe gerade ein Auto hinter einem der verfallenen Gebäude entdeckt. Ich frage mich, ob es wohl seins ist. Hat dein Großvater ein grünes Auto?" Cally schüttelte den Kopf und Angelica fuhr fort: „Dann glaube ich, dass dein Großvater David gefangen hält."

Cally wurde ganz blass. „Das würde er doch nie machen!"

„Letzte Nacht habe ich gehört, wie er jemanden angebrüllt hat", sagte Joanna.

„Aber außer im Schuppen oder im Haus kann er hier doch nirgendwo jemanden verstecken. Das hätte ich gemerkt."

„Außer er versteckt David auch vor dir. Vielleicht ist er in einem Schrank oder so etwas", sagte Joanna.

„Ich mache mir große Sorgen um ihn", fügte Angelica hinzu. „Wir müssen ihn finden."

Callys Blick wanderte von Angelica zu Joanna und dann wieder zurück. Sie nickte. „Ihr habt mir geholfen, also helfe ich euch. Bleibt hier, solange ich nach ihm suche. Ich bin gleich wieder da."

Cally schien eine Ewigkeit weg zu sein. Joanna und Angelica warteten hinter dem Schuppen. Von dort aus konnten sie zum Haus sehen und durch die Ritzen in der hinteren Schuppenwand mit den Pferden reden, ohne dabei Gefahr zu laufen, von Mr. Thomas entdeckt zu werden.

Von dort aus konnten sie auch ungesehen wieder verschwinden. Es würde zwei Minuten dauern, bis sie an den Zaun kamen, der die beiden Grundstücke trennte. Die Stelle hatte jedoch auch einen Nachteil: Es gab keine Schatten und noch dazu war keine Wolke am Himmel. Und so wurde es heißer und heißer.

Joanna wischte sich den Schweiß von der Stirn und schloss die Augen. Wie herrlich kühl musste es Raven dagegen haben, der im Wald auf sie wartete. Wie sie ihn beneidete. Selbst die Pferde im Schuppen waren vor der Sonne geschützt. Wenn sie nur drinnen warten könnten ... aber das war zu riskant. Sie lehnte sich gegen die Holzwand und lauschte dem Summen einer Biene, die erst näher kam und dann wieder verschwand. „Wo kommst du her, Angelica?“, fragte sie, um die Zeit totzuschlagen. „Wohnst du hier in der Nähe?“

„Nein.“

Die Antwort war so knapp, dass Joanna die Augen öffnete und das ältere Mädchen ansah. „Was ist mit David?“

„Er wohnt auch nicht hier.“

„Warum bist du dann hier?“

„David hat mich gerufen.“

Fast hätte Joanna die Augen verdreht. Das war es nicht, was sie gemeint hatte. Angelica nahm immer alles wörtlich. Offensichtlich musste sie ihre Fragen klarer formulieren. „Es muss doch einen Grund dafür geben, dass du und David hier seid. Wenn ihr beide nicht in der Nähe wohnt, warum seid ihr dann auf Mr. Thomas’ Hof?“

„Ich bin hergekommen, weil David hier ist.“

„Aber das will ich ja wissen: Warum ist er hier?“, versuchte Joanna es noch mal.

Eine Falte tauchte auf Angelicas Stirn auf. „Das weiß ich nicht und es macht mir Sorgen. Es gibt einige Sachen, die ich nicht verstehe.“

Joanna schüttelte den Kopf. Im Beantworten von Fragen war Angelica nicht gerade gut. „Was zum Beispiel?“

„Warum Callys Großvater die Pferde gestohlen hat.“

„Weil er senil ist.“

„Ja, das stimmt. Aber es muss noch einen anderen Grund geben; etwas, das erklärt, warum er glaubt, dass die Pferde ihm gehören. Ich habe nicht das Gefühl, dass er ein böser Mann ist, also muss es einen guten Grund für seine Taten geben.“

Joanna sah über die Wiese. Angelica hatte recht. So hatte sie die Sache noch nicht gesehen. Mr. Thomas’ Rückfall in die Vergangenheit konnte doch nicht der alleinige ausschlaggebende Punkt dafür sein, dass er Pferde gestohlen hatte. Warum glaubte er, dass ihm die Pferde immer noch gehörten?

„Außerdem mache ich mir Sorgen um David“, fuhr das ältere Mädchen fort. „So wie ich dich verstanden habe, war Mr. Thomas’ Reaktion auf ihn nicht Angst sondern Wut. Wenn er die gestohlenen Pferde geheim halten wollen würde, hätte er dann nicht eher verängstigt als wütend geklungen?“

„Ja“, sagte Joanna überrascht. In Mr. Thomas’ Stimme hatte sie wirklich nur Wut gehört. „Und er hat ihn bei einem anderen Namen genannt. Er war wütend auf jemanden und hat David mit ihm verwechselt ...“

„Ich hoffe nur, dass Cally David schnell findet.“ Joanna hörte eine Tür schlagen und schaute um die Ecke.

„Er ist nirgendwo“, platzte es aus Cally heraus, als sie im Schuppen stand. Joanna klopfte gegen die Wand als Zeichen dafür, dass sie zu ihnen hinter das Gebäude kommen sollte. Wenig später bog Cally um die Ecke. „Ich habe überall nachgesehen.“ Sie klang panisch. „Und Opa ist jetzt wach. Er kommt jeden Moment raus. Ihr müsst gehen.“

„Wir gehen zu Raven“, sagte Angelica. Sie legte die Hand auf Callys Arm. „Du kommst mit.“

„Wer ist Raven?“

„Mein Pony“, antwortete Joanna. „Komm.“

Das Mädchen nickte und die drei rannten zum Zaun. Auf der anderen Seite hieß der Wald sie willkommen – ein nach Kiefern duftender Hafen.

Raven wieherte ihnen zu und stampfte auf den Boden, als sie näher kamen. Er war offensichtlich der Meinung, dass er zu lange gewartet hatte.

„Oh“, sagte Cally und holte tief Luft. „Er ist wunderbar.“

„Ja, das ist er“, stimmte Angelica ihr lächelnd zu.

Cally stellte sich neben Raven und das Pony schnupperte an ihrem Arm. „Er ist so süß.“ Sie streichelte seinen Kopf. „Und er hat genau die richtige Größe. Nicht so groß und furchteinflößend.“

„Für mich wird er zu klein“, sagte Joanna.

„Was geschieht dann mit ihm?“

Joanna schüttelte den Kopf. „Ich weiß es nicht. Vielleicht verkaufen Mom und Dad ihn oder vermieten ihn an jemanden, der kleiner ist als ich.“ Sie seufzte.

„Konntest du im ganzen Haus suchen?“, fragte Angelica.

„Nein. Opa ist aufgewacht, als ich in sein Zimmer gegangen bin. Er hat sein Hörgerät nicht rausgenommen und hat mich deswegen bemerkt.“ Cally streichelte Raven.

„Wenn er das Hörgerät rausnimmt, können wir ins Haus kommen und nach David suchen“, sagte Angelica.

Joanna schwieg. Der Gedanke, durch Mr. Thomas’ Haus zu schleichen, während er schlief, machte ihr Angst. Was, wenn er aufwachte und sie entdeckte? Sie würden großen Ärger bekommen. Und Robbie würde dafür sorgen, dass ihre Eltern diese Aktion nie mehr vergessen würden.

„In Ordnung“, sagte Cally. „Wenn es dunkel geworden ist, wartet ihr hinter dem Schuppen. Sobald er eingeschlafen ist, hole ich euch.“

„Aber ...“

Die beiden Mädchen sahen Joanna an.

„Du musst das nicht machen“, sagte Angelica.

Welche Alternative hatte sie? Sollte sie kneifen? Zugeben, dass sie zu viel Angst hatte? „Doch. Ich wollte nur sagen, dass ich vielleicht etwas später komme. Vor den Spätnachrichten gehen meine Eltern nicht ins Bett. Aber ihr könnt auf mich zählen.“

Angelica nickte voller Anerkennung.

„Ich muss jetzt nach Hause“, fuhr Joanna fort. „Mein großer Bruder und seine Frau kommen zum Mittagessen.“

Cally tätschelte Raven zum Abschied liebevoll die Schulter. „Mach’s gut, Ravie“, murmelte sie. Dann schlang sie ihre Arme um seinen Hals. „Ich sehe dich heute Abend“, sagte sie zu Joanna.

Joanna stieg auf. „Ich werde da sein“, versprach sie und fügte dann hinzu: „Mach dir keine Sorgen, Angelica. Wir werden ihn finden.“

„Ja, wir werden ihn finden“, wiederholte Cally. „Wenn er da ist.“

Raven schnaubte und dann ritt Joanna auf ihm davon.

Es ist eine Ewigkeit her, dass ich warten musste. Kein Pferd ruft mich. Keiner der Menschen. Ich kann nichts unternehmen, um David zu finden. Cally ist zu ihrem Großvater zurückgekehrt. Tango, Bonnie und Breeze haben versprochen zu warten.

Das ist ein seltener Moment, den ich seit meinem Rennen mit Rhythm und Crystal nicht mehr erlebt habe. Ob ich vergessen habe, was man mit seiner freien Zeit anfängt? Offensichtlich.

Was soll ich jetzt machen?

Vielleicht einen Waldspaziergang? Die wilden Blumen sind herrlich, so winzig und perfekt. Die Brise ist erfrischend. Die Äste seufzen und die Bäume knarren – wilde Musik. Ich höre einen Bach in der Nähe.

Xu? Ja, ich höre dich. Ich soll zu dir kommen?

Gott sei Dank!

Joanna ritt gerade auf den Hof ihres Elternhauses, als ein roter Laster in die Auffahrt einbog. Jason und Capri waren da. Sie winkte ihnen zu und ritt mit Raven zum Stall. Ihre Mutter würde bald mit dem Mittagessen fertig sein, und sie wollte ihr Pony noch einmal ordentlich putzen, bevor sie es zu Trusty auf die Koppel stellte.

Robbie und ihr Dad waren im Stall und standen vor Silver Belles Box.

„Jason und Capri sind da“, sagte Joanna.

Ihr Vater drehte sich um. Er hatte Sorgenfalten auf der Stirn.

„Was ist los?“

„Belle. Es geht ihr schlechter.“

„Oh nein!“ Joanna zog Raven hinter sich her und eilte zur Box der Stute. Das Mädchen warf einen Blick über die Boxentür. Belle lag ausgestreckt im Stroh. Ihr Fohlen Silver Chime stand über ihr und neben ihr kniete der Tierarzt. Raven wieherte und die Stute schreckte auf. Sie versuchte aufzustehen, aber ihre Beine schienen ihr den Dienst zu versagen.

„Hilf mir, Robbie“, sagte Joannas Dad. Er quetschte sich an Raven vorbei und ging in die Box. Joanna liefen die Tränen über das Gesicht. Würde ihre wunderschöne Belle sterben?

„Geh weg“, sagte Robbie scharf. „Raven macht sie nervös.“

Sprachlos führte Joanna ihr Pony von der Box fort. Sie

band es an und eilte dann wieder zurück. Robbie hielt Chime in der Ecke fest, damit sie nicht von den Hufen ihrer Mutter getroffen wurde. Joannas Vater und der Tierarzt versuchten die Stute still zu halten, damit sie sich selbst keinen Schaden zufügte. Aber ohne Erfolg. Belle schien eine Art Krampf zu haben.

Ihr Vater blickte zu Joanna auf. „Jo, geh und kümmere dich um Raven."

„Aber ..."

„Geh!"

Joanna rannte. Nicht zu Raven, sondern zur Stalltür. Über den Hof und über das Gatter auf die Koppel der Jungstuten. Aber ganz egal wie schnell sie rannte, sie bekam das schreckliche Bild von der zitternden Belle, die in ihrer Box lag, nicht mehr aus dem Kopf.

Sie hatte Seitenstechen, hielt aber nicht an. Plötzlich war das zweite Tor vor ihr. Wenig später war sie schon darübergesprungen und rannte weiter. Jetzt war sie fast auf der Koppel der Jungstuten. Da, in der Mitte der Wiese, konnte sie einen weißen Punkt erkennen. Das war Crystal, Belles zweijährige Tochter. Joanna blieb stehen und schloss die Augen. „Bitte mach, dass Belle wieder gesund wird", murmelte sie. „Bitte, bitte, bitte."

Sie öffnete die Augen und sah die Stuten auf sich zugaloppieren. Offensichtlich freuten sie sich über ihren Besuch.

„Joanna."

Sie wirbelte herum. „Angelica?"

„Raven hat mir gesagt, dass du mich brauchst."

„Belle stirbt." Erneut liefen Joanna die Tränen übers Gesicht. „Und sie darf nicht sterben, sie darf einfach nicht. Sie hat ein Fohlen, das sie braucht. Ich brauche sie. Sie darf nicht sterben."

„Ich sehe, was ich machen kann. Bleib du bitte hier."

Überrascht blickte Joanna auf. Angelica ging bereits auf die Jungstuten zu. Sie kletterte über den Zaun und stand kurz darauf mit gesenktem Kopf in der kleinen Herde. Die Stuten drängten sich dichter an sie und pressten ihre Köpfe gegen den zierlichen Körper des Mädchens.

Joanna fiel vor Erstaunen die Kinnlade runter. Über Angelicas Haar und über den Stuten, vor allem über Silver Crystal, glitzerte Licht.

Und dann war das Glitzern verschwunden. Sie musste sich das eingebildet haben. Es gab keine logische Erklärung für das, was sie gesehen hatte – und ihre Augen waren voller Tränen gewesen.

Die Ponys lösten ihre Versammlung auf und Angelica ging zurück zum Zaun. Sie seufzte und sah traurig aus. „Belle geht es jetzt gut, Joanna. Geh wieder zurück zum Hof. Du wirst sehen."

„Was? Woher willst du das wissen?" Dann füllte sich Joannas Stimme mit Hoffnung. Irgendwie hatte sie das Gefühl, dass Angelica die Wahrheit sagte. „Wirklich? Es geht ihr gut?"

Die Fremde runzelte die Stirn. „Ja, sie hat unsere Hilfe angenommen. Wegen Chime. Aber Joanna, du musst dich darauf vorbereiten. Wenn Chime abgesetzt ist und mit ihrer Schwester auf der Koppel steht, wird Belle von uns gehen."

„Was meinst du damit? Du willst doch nicht sagen, dass sie sterben wird? Nein!"

„Es ist an der Zeit für sie, Joanna." Angelica legte ihr die Hand auf die Schulter. „Wir müssen es akzeptieren, vor allem weil Belle es akzeptiert hat. Wir müssen ihr Leben ehren, nicht ihren Tod fürchten. Jetzt geh und sieh selbst nach Belle. Genieß das Essen mit deiner Familie. Ich sehe dich heute Nacht." Angelica drehte sich um und ging mit hängenden Schultern zu den Stuten.

Joanna sah den Stall in der Ferne. Konnten Angelica und die Jungstuten Belle wirklich gerettet haben? Das war doch eigentlich unmöglich. Aber sie wusste, dass es so war. Sie wusste es in ihrem Herzen.

Und genauso gut wusste sie, dass sich Angelicas Prophezeiung erfüllen würde. Belle würde bald von ihnen gehen – und dann würde auch noch Raven weggehen, zu einem neuen Besitzer. Wie sollte sie das ertragen?

Ich bin zurück, Xu. Danke für deine Einladung! Es passiert nicht oft, dass man mich aus einem freudigen Anlass ruft.

Ich kann unser Abenteuer kaum abwarten – ein Galopp über die Tibetische Hochebene! Ich werde Belle Bilder davon senden. So etwas Exotisches hat sie noch nie gesehen! Ich werde sie in dieser schwierigen Zeit aufheitern.

Sieh mal! Eine Antilopenherde hinter uns; Chiru werden sie glaube ich genannt. Und jetzt sind wir zwischen ihnen. Ihre weichen Körper sind dicht neben unseren, während wir über die Ebene galoppieren.

Herrlich! Es gibt keinen schöneren Ort. Ich danke dir von ganzem Herzen, Xu.

Als Joanna zurück war, stand die ganze Familie vor Belles und Chimes Box. Sogar Jason und Capri waren da. Alle hatten ein erstauntes Lächeln auf ihren Gesichtern.

„Komm her, Liebes“, rief ihre Mutter, als sie Joanna erblickte. „Sieh dir unser Wunder an.“ Sie machte Platz, damit Joanna sich neben sie stellen konnte.

Das Mädchen drängte sich vor die Boxentür und schaute hinein. Belle kaute stoisch auf ihrem Heu, während Chime buckelnd und ausschlagend um sie herumhüpfte.

„Jo, es tut mir leid, dass ich dich angebrüllt habe“, sagte ihr Vater.

Sie blickte in sein besorgtes Gesicht. „Ist schon okay, Dad. Ich verstehe dich. Du hast dir Sorgen um Belle gemacht.“

„Ich habe mir um dich Sorgen gemacht. Ich wollte nicht, dass du siehst, wie Belle ... du weißt schon ... leidet.“

„Ich weiß. Ich hatte auch wirklich Angst“, gab Joanna leise zu. Und es war noch nicht vorbei. Belle würde bald sterben. Neue Tränen traten ihr in die Augen.

„Oh, Liebes, bitte nicht weinen. Es tut mir so leid.“ Ihr Dad zog sie an sich und umarmte sie. „Ich weiß, dass es nicht schön ist, so etwas zu sehen. Aber Belle geht es wieder gut. Alles wird gut.“

„Und um diese übernatürliche Genesung zu feiern, gibt es jetzt ein herrliches Mittagessen“, sagte ihre Mom. Sie nahm Joannas Hand. „Kommt alle“, fuhr sie fort und führte ihre Familie aus dem Stall.

Ihr Vater und Jason trugen den großen Tisch und alle Stühle aus dem Esszimmer auf die große Veranda. Ihre Mutter deckte den Tisch mit dem besten Geschirr und dem Silberbesteck und benutzte sogar die Kristallgläser für den Apfelsaft. Robbie war einmal nicht gemein zu Joanna; und der Anblick der Stuten und Fohlen, die auf der Koppel hinter dem Haus grasten, war bezaubernd. Nach diesem anstrengenden Vormittag genoss Raven eine wohlverdiente Pause mit Trusty auf der Koppel. Sogar Silver Sky war draußen. Er galoppierte auf seiner kleinen Weide am Zaun entlang und wieherte den Stuten zu, die ihn kühl ignorierten. Es war die perfekte Kulisse für einen warmen, wunderschönen Nachmittag, ein köstliches, spätes Mittagessen und einen himmlischen Obstkuchen zum Nachtisch.

Es war fast schon drei Uhr, als Joannas Mom aufstand und das dreckige Geschirr einzusammeln begann.

„Warte, Mom." Jason legte ihr die Hand auf den Arm. „Setz dich noch einen Moment hin."

„Natürlich, Liebling." Sie nahm erstaunt wieder Platz.

Jason sah sich am Tisch um, wobei sein Blick bei jedem kurz hängen blieb. Er räusperte sich. „Wir müssen euch etwas sagen. Wir werden euch zu Großeltern, Tanten und Onkels machen. Wir bekommen ein Baby!"

Joannas Mom sprang auf und schlang die Arme um ihren ältesten Sohn. „Wie herrlich! Wie herrlich!" Dann bezog sie Capri in ihre Umarmung mit ein.

Dad stand lachend auf. „Das sind wundervolle Nachrichten. Herzlichen Glückwunsch!" Er schüttelte Jason die Hand, legte seinen Arm um Capri und drückte sie schüchtern.

Robbie schüttelte erst Jason und dann Capri selbstbewusst die Hand.

Joanna umarmte beide herzlich. „Fantastisch! Das ist so

fantastisch! Ich liebe Babys und werde die beste Tante aller Zeiten. Ich schwöre es!“

„Jetzt setzt euch alle wieder hin“, sagte ihre Mutter. „Ich habe einige Flaschen nicht alkoholischen Champagner geholt, als Jason sagte, dass er mit Capri zum Essen kommt.“

„Du wusstest, was wir euch mitteilen wollten?“

„Dir sollte nicht entgangen sein, dass Mütter alle möglichen Dinge wissen.“ Sie lächelte Jason und Capri an und eilte dann ins Haus, um die Getränke zu holen.

„Wisst ihr schon, ob es ein Junge oder ein Mädchen wird?“, fragte Dad.

„Ein Mädchen.“

„Oh nein. Die Frauen übertreffen uns arme Männer jetzt zahlenmäßig“, scherzte er. „Wir haben keine Chance.“

Robbie war der Einzige, der nicht lachte.

Endlich war es Abend. Kathy schien sich letzten Endes doch noch mit den Pferden angefreundet zu haben. Sie hatte fast den ganzen Tag im Schuppen verbracht. Er war auch einige Zeit bei ihnen gewesen, war aber zu müde gewesen, um viel zu machen.

Diese Müdigkeit beunruhigte ihn, vor allem weil er nicht herausfinden konnte, warum er so erschöpft war. Er war so müde, dass er sich noch nicht einmal an den unachtsamen Autofahrer erinnern konnte, dem er geholfen hatte, seinen Wagen aus dem Graben zu ziehen. Hoffentlich würde der bald wieder auftauchen. Der Fahrer hatte ihm noch nicht einmal eine Telefonnummer dagelassen – oder zumindest konnte er sich nicht daran erinnern. Sein Gedächtnis war nicht mehr das, was es einmal war. Vielleicht gehörte das Auto auch einem seiner Freunde. Er hoffte jedenfalls, dass sich bald jemand melden würde.

Dank des Autos hatte er eine kurze Pause von seinem Alptraum gehabt. Er war erst im Morgengrauen wieder zurück ins Haus gekommen und war dann – betend und flehend, dass die Träume nicht wiederkommen mögen – ins Bett gefallen und hatte die Augen geschlossen.

Das Beten und Flehen schien für eine Weile zu wirken. Er hatte zwei Stunden schlafen können, bevor der Alptraum ihn geweckt hatte.

Und jetzt war es an der Zeit, sein letztes Versprechen einzulösen. Bald würde Thunder bei ihnen sein.

Dann – und nur dann – konnte er sich ausruhen.

Ich danke dir für einen herrlichen Tag, Xu. Die Dinge, die wir heute gesehen haben, werden für immer bei mir bleiben. Chirus und Wölfe, Yaks und Argali-Schafe, alles auf dieser wilden Hochebene, die von Weitem so öde aussieht.

Und jetzt ist es an der Zeit, mich zu verabschieden. Jetzt muss ich David suchen. Ich fühle mich viel stärker nach diesem herrlichen Tag.

Pass auf dich auf, Xu. Und noch einmal vielen Dank, dass du mir deinen Teil der Welt gezeigt hast.

In dieser Nacht nahm Joanna Silver Sky und nicht Raven. Das dunkle Pony hatte lange Zeit alleine im Wald gestanden und sie wollte seine Geduld nicht zu sehr strapazieren. Angelica wartete an der Stelle, an der sie beim letzten Mal Raven zurückgelassen hatte. Joanna gab Silver Sky etwas Futter und band ihn fest. Dann schlichen die beiden Mädchen in den Wald. Wenig später waren sie über den Zaun und liefen über die Wiese auf den Schuppen von Mr. Thomas zu.

Vorsichtig gingen sie hinein. Cally war noch nicht zu sehen, aber die Pferde standen friedlich da und ruhten sich aus. Geduldig warteten sie darauf, dass Callys Eltern am nächsten Morgen ankommen würden.

Ohne das Licht anzumachen, gab Angelica ihnen etwas Heu, und dann setzten sich die Mädchen hin und warteten. Joanna gähnte. Sie lehnte sich an die Wand und schloss die Augen. Hoffentlich würden sie nicht lange ausharren müssen. Sie war müde, nachdem sie die letzte Nacht so lange draußen gewesen war.

Nach etwa fünf Minuten hörten sie ein Geräusch an der Tür. Dann öffnete sie sich einen Spalt. „Seid ihr da?“

„Ja“, antwortete Angelica und ging schnell hin. „Wir sind bereit.“

Joanna war sofort auf den Füßen. „Schläft er?“

„Ja“, sagte Cally. „Ich habe seit Ewigkeiten kein Geräusch mehr aus seinem Zimmer gehört.“

„Was ist mit seinem Hörgerät?“

„Normalerweise zieht er es nachts aus."

„Aber du bist dir nicht sicher, ob er es heute Nacht ausgezogen hat?", fragte Joanna.

„Nein. Tut mir leid. Aber ich glaube schon."

„Wir durchsuchen zuerst den Rest des Hauses", sagte Angelica. „Vielleicht müssen wir ja gar nicht in sein Zimmer."

Im Haus war es ganz still. Sie traten in einen gedämpft beleuchteten Flur; ein dunkler Gang führte in den hinteren Teil des Hauses.

„Das Zimmer von meinem Opa ist ganz hinten rechts", flüsterte Cally. „Die Tür davor führt ins Wohnzimmer. Links kommt zuerst das Bad und ganz hinten ist mein Zimmer. Die beiden letzteren habe ich schon durchsucht."

„Was ist das für ein Zimmer?", fragte Joanna und deutete auf die Tür zu ihrer Linken.

„Die Küche, und da lang geht's ins Esszimmer." Cally zeigte auf eine offene Tür zu ihrer Rechten. „Dort habe ich auch schon nachgesehen."

„Dann sind also zwei Räume noch nicht durchsucht worden: das Wohnzimmer und das Zimmer deines Großvaters", kombinierte Angelica. „Fangen wir mit dem Wohnzimmer an."

Sie schlüpften in den Raum und schlossen die Tür, bevor sie das Licht anmachten. Auf den ersten Blick sah er leer aus. Angelica eilte zu dem großen Schrank an der Wand und öffnete ihn. Bücher kamen zum Vorschein. Joanna machte einen weiteren Schrank auf, in dem sich nichts weiter als ein paar muffig riechende Jacken befanden. Sie ging zu dem Tisch und sah darunter nach. Immer noch nichts. Die Mädchen trafen sich in der Mitte des Zimmers wieder.

„Ich finde, wir sollten noch einmal im ganzen Haus

suchen, bevor wir in Opas Zimmer schleichen“, sagte Cally. „Kann ja sein, dass ich etwas übersehen habe.“

Joanna nickte. „Gute Idee.“ Alles war gut, was sie davon abhielt, in das Zimmer des schlafenden Mannes zu gehen.

Aber zu Joannas Enttäuschung fanden sie auch im Rest des Hauses keine Spur von David.

Widerwillig gingen die Mädchen auf Zehenspitzen zu Mr. Thomas’ Schlafzimmer.

„Vielleicht sollte ich zuerst reingehen“, sagte Cally. „Dann sehe ich ja, ob er das Hörgerät abgenommen hat.“

Joanna und Angelica nickten zustimmend.

Die Tür quietschte, als Cally sie öffnete. Die drei Mädchen erstarrten. Aus dem dunklen Raum kam kein Geräusch. Nach einer ganzen Weile schlüpfte Cally hinein. Angelica ging zur Tür und sah durch den Spalt. Sie wartete einen Moment, dann streckte sie den Arm aus und machte ganz plötzlich das Licht an.

Cally schrie und wirbelte herum.

„Er ist nicht da“, sagte Angelica ruhig. „Ich konnte ihn nicht atmen hören.“

Joanna sah auf das Bett. Angelica hatte recht! Es war leer. Erleichterung machte sich in ihr breit. Jetzt konnten sie schnell auch hier alles durchsuchen, David finden und gehen.

Aber Cally war bei Weitem nicht so erleichtert wie sie. Sie ließ sich auf das Bett ihres Großvaters fallen. „Oh nein.“

„Was?“, fragte Joanna. Angelica sah bereits im Schrank nach.

„Was, wenn er noch ein Pferd stiehlt?“

„David war hier.“ Angelicas Stimme kam aus dem Schrank.

„Hast du was gefunden?“ Joanna eilte zu ihr.

„Ja.“ Sie hielt ein Handy mit einer goldenen Kette darum

gewickelt in der Hand. „Es war im obersten Regal und ich erkenne die Kette wieder. Ich habe sie David vor Jahren gegeben, als er noch ein kleiner Junge war. Er hätte sie fast im Fluss verloren. Es war Hochwasser ...“ Ihre Stimme wurde leiser und dann wieder fester, als ihre Faust das Handy und die Halskette umklammerte. „Wir müssen ihn finden. Er muss hier irgendwo sein.“

Da war der Hof. Jetzt hinein und Thunder finden. Sie hatten hier so viele Ponys. Hoffentlich würde er den weißen Wallach wiedererkennen. Sein Gedächtnis war zwar nicht mehr das beste, aber er würde ihn in dem Moment erkennen, in dem er ihn sah. Die Schuld hatte das Bild des Ponys in sein Gehirn gebrannt.

Wie sehr Kathy sich freuen würde, wenn Thunder bei den anderen war! Es war so schön, dass ihre Leidenschaft für Pferde wieder aufblühte. Es war erstaunlich, wie ruhig der große Hengst in ihrer Nähe war. Sie hatte definitiv ein Händchen für Pferde. Und wenn Thunder wieder zu Hause war, würde ihr gebrochenes Herz sogar noch mehr heilen. Er würde die ultimative Überraschung sein.

Aber genug jetzt mit der Tagträumerei. Er musste sich auf seine Aufgaben konzentrieren, sonst würde er das Pony nie finden. Es gab so viele Dinge, an die er denken musste, und er war so, so müde.

„Was ist mit Opa? Sollten wir nicht besser nach ihm suchen?“, fragte Cally verzweifelt.

„Das ist vielleicht unsere einzige Chance, David zu finden, bevor deine Eltern morgen kommen“, sagte Joanna. „Wenn die Leute erfahren, dass dein Großvater Leute entführt, wird er noch viel größeren Ärger bekommen. Pferdediebstahl ist nicht so ernst wie das.“

Angelica nickte. „Joanna hat recht. Und wenn ein Pferd Hilfe braucht, werde ich es erfahren und schnell zu ihm eilen. Wenn mich kein Pferd ruft, suchen wir deinen Großvater, sobald David in Sicherheit ist.“ Sie bückte sich, um unter dem Bett nachzusehen.

Cally runzelte die Stirn und wechselte einen Blick mit Joanna.

Diese zuckte mit den Schultern. Auch für sie ergab es keinen Sinn, was Angelica da machte.

Eilig durchsuchten sie den Rest des Zimmers, fanden aber kein weiteres Zeichen dafür, dass David hier war.

„Was jetzt?“, fragte Joanna und ließ sich auf den Stuhl neben dem Bett fallen.

„Gibt es noch andere Räume, Cally? Einen Dachboden vielleicht?“, fragte Angelica schnell.

Das Mädchen seufzte. „Ich glaube, dass da oben ein Raum ist, weiß aber nicht, wie man hineinkommt.“

„Und gibt es auch einen Keller?“, wollte Joanna wissen.

„Vielleicht“, sagte Cally. „Da ist etwas in der Küche ... eine Tür im Boden.“

Angelica rannte aus dem Schlafzimmer und Cally und Joanna eilten hinter ihr her. Als sie in der Küche waren, stand das ältere Mädchen mitten im Raum und sah sich hektisch um.

„Die Tür ist unter dem Teppich", sagte Cally.

Angelica riss den geflochtenen Teppich beiseite. Darunter war eine schwere Falltür, die mit dem gleichen schäbigen Linoleum bedeckt war wie der restliche Küchenboden. Sie packte den rostigen Eisenring und zog. Zuerst bewegte sich die Falltür nicht. Dann schließlich gelang es ihr, sie, begleitet von einem lauten Quietschen der Angeln, zu öffnen. Sie ließ die Tür offen stehen und beugte sich dann über das schwarze Loch.

„David? Bist du da, David?"

Aus dem Loch war ein Rascheln zu hören. Im Nu verschwand Angelica in dem dunklen Abgrund.

Joanna sah Cally an. „Hast du eine Taschenlampe?"

„Wir haben Kerzen." Cally öffnete einen Schrank neben der Spüle, holte eine Kerze und Streichhölzer heraus und zündete sie dann mit zitternder Hand an.

Joanna nahm das schwache Licht und hielt es so tief in das Kellerloch wie es ging. Eine klapprige Leiter führte in die Tiefe. „Hier, halt das mal", sagte sie und gab Cally die Kerze zurück. „Wenn ich unten bin, gibst du sie mir wieder."

„Okay."

Joanna war unendlich erleichtert, dass die Sprossen der Leiter nicht unter ihr nachgaben. Der Abstieg schien kein Ende zu nehmen. Sie kletterte und kletterte, während die quadratische Öffnung über ihr sich immer mehr entfernte. Das hier war ein richtig großer Keller.

„Du steigst zu weit nach unten", rief Cally. „Ich kann dir so die Kerze nicht mehr geben."

Aber das machte nichts: Joanna konnte jetzt Angelica unter sich sehen, obwohl es doch eigentlich gar keine Lichtquelle gab. Das ältere Mädchen beugte sich über etwas auf dem Boden.

„Ist schon in Ordnung", rief Joanna Cally zu. „Es ist nicht so dunkel wie ich gedacht habe."

„Soll ich runterkommen?"

Joanna landete neben Angelica. Da bemerkte sie die Gestalt, die ausgestreckt auf dem Boden lag.

Die Person stöhnte und wand sich.

„Joanna? Angelica? Soll ich runterkommen?", fragte Cally wieder. Ihre Stimme klang schrill. Natürlich konnte sie die beiden anderen Mädchen von dort oben in der hell erleuchteten Küche nicht sehen.

„Nein, bleib, wo du bist", sagte Joanna. „Kann sein, dass du einen Krankenwagen rufen musst."

„Ist er da?"

„Ja."

„Geht es ihm gut?"

„Einen Moment. Ich sage es dir gleich." Joanna kniete sich neben Angelica. „Ist er okay?", fragte sie leise.

Die andere nickte leicht. Ihr Gesicht war ganz weiß.

„Mein Kopf." David legte eine Hand an die Schläfe und versuchte sich dann hinzusetzen. „Wo bin ich?"

„Schließ einfach nur die Augen. Ruh dich einen Moment aus."

„Angelica, du bist gekommen." David ließ sich erleichtert zurücksinken. „Ich wusste es."

Angelica sah Joanna mit ihren goldenen Augen an. „Joanna, kannst du bitte die Kerze von oben holen?"

„Klar." Sie kletterte schnell die Leiter hoch und war froh, etwas tun zu können.

Cally wartete oben auf sie. Ihre Augen waren voller Trä-

nen und ihr Gesicht war so weiß wie Alabaster. „Geht es ihm gut?“

„Er spricht; das ist ein gutes Zeichen. Wenn wir ihn richtig sehen, können wir mehr sagen.“ Sie streckte die Hand nach der Kerze aus. Die Flamme tanzte und zitterte in Callys Händen, als sie sie Joanna gab.

„Alles wird gut“, fügte Joanna mitfühlend hinzu. Cally war völlig am Ende – aber wer konnte ihr das vorwerfen? Es musste schrecklich sein, zu glauben, dass der eigene Großvater jemandem etwas antun konnte.

Vorsichtig stieg sie die Leiter wieder hinunter. Mit der Kerze in der Hand war sie viel langsamer als vorher. Als sie endlich wieder auf festem Boden stand, hielt Joanna die Kerze etwas tiefer und sah David an.

Der Junge hatte dunkle Augen und schien durchschnittlich groß zu sein. Sein Gesicht war ganz dreckig und sein schwarzes Haar stand wild in alle Richtungen ab. Eine dunkle Linie war in seinem Gesicht getrocknet – Blut von einer Kopfverletzung. Aber davon abgesehen sah er in Ordnung aus. Sein Gesicht war entspannt und nicht zu blass. Er lächelte Joanna sogar an.

„Glaubst du, dass du die Leiter hochklettern kannst?“, fragte Angelica und nahm die Hände von seinem Kopf.

„Klar. Ich fühle mich schon viel besser. Danke.“ Er stand auf. „Ich bin David“, sagte er zu Joanna.

„Joanna.“

„Danke, dass ihr beiden mich gerettet habt.“

„Erinnerst du dich daran, was passiert ist?“, fragte Joanna.

„Ich war letzte Nacht spät unterwegs.“ Er sah Angelica an. „Erinnerst du dich noch, dass ich immer Tierarzt werden wollte? Nun ja, ich bin an der Universität angenommen worden und kam von dort.“

Angelica berührte seinen Arm. „Das ist ja wundervoll, David.“

„Danke. Wie dem auch sei, jedenfalls fuhr ich einen Umweg, um einen Freund zu besuchen. Ich habe sein Haus spät verlassen. Als ich dann auf der Schnellstraße um eine Kurve bog, wäre ich fast mit einem Pferd und einem Reiter zusammengestoßen, die mitten auf der Straße galoppierten. Ich konnte gerade noch rechtzeitig ausweichen, aber mein Auto landete im Graben.“

„Du hast Tango und Mr. Thomas gesehen“, sagte Angelica. „Er ist der Mann, der dich gefangen genommen hat.“

„Zu dumm, dass ich das nicht wusste, als ich hierher kam und telefonieren wollte.“ Ein Zittern fuhr durch Davids Körper. „Zuerst war er ja normal und wirkte nur ein bisschen verwirrt. Aber dann meinte er, mich zu erkennen, und wurde wütend. Er nannte mich Graham und zerrte mich in sein Haus. Dann hat er mich in dieses Loch gestoßen. Er ist stark für einen alten Mann.“

„Und bei dem Sturz bist du auf den Kopf gefallen“, folgerte Angelica.

„Muss ich wohl. Ich erinnere mich nicht mehr daran. Einmal glaubte ich, oben eine Mädchenstimme zu hören. Warst du das?“

„Nein, du musst Cally gehört haben. Sie ist Mr. Thomas’ Enkelin.“

„Ich habe versucht zu schreien, als ich sie hörte. Aber ich wurde wieder ohnmächtig von den Schmerzen. Das Nächste, woran ich mich erinnere, bist du, Angelica. Wenn du nicht gekommen wärst ...“

„Ich werde immer kommen, wenn du mich brauchst“, sagte sie. „Obwohl es mir leid tut, dass es so lange gedauert hat, bis wir dich gefunden haben. Jetzt sollten wir aber gehen. Mr. Thomas kann jede Minute zurückkommen.“

Als Joanna die Kerze höher hielt, um David den Weg zur Leiter zu leuchten, nahm sie auch den Rest des Kellers wahr. An den Wänden waren lauter Regale mit beklebten Gläsern und Konservendosen; überall waren Kisten gestapelt und an einer Seite waren lauter mit Bettlaken bedeckte Haufen – zumindest glaubte Joanna, dass sie mit Bettlaken bedeckt waren. Alles war so staubig, dass sie es nicht sicher sagen konnte.

„Ich kann es kaum erwarten, hier rauszukommen." David kletterte schnell die Leiter hoch. Er musste sich wirklich sehr viel besser fühlen.

„Ich kann die Kerze nehmen und steige nach dir rauf", sagte Angelica zu Joanna.

Diese reichte Angelica die winzige Flamme. Sie hatten die Kerze überhaupt nicht gebraucht. Warum hatte Angelica sie vorhin also die Leiter wieder hochgeschickt? Um sie zu beschäftigen, während sie David half?

In der Küche stellte David sich Cally vor und fragte sie dann nach dem Weg zum Badezimmer. Cally errötete und zeigte ihm, wo es langging.

„Wir haben jetzt mehr Informationen, Cally", sagte Angelica und stellte den Kerzenstummel auf die Küchenanrichte. „Wir wissen jetzt, wie dein Großvater David genannt hat."

„Graham. Jetzt erinnere ich mich. Den Namen habe ich Mr. Thomas auch rufen hören", sagte Joanna.

„Ich habe Opa mal von einem Graham reden hören", bemerkte Cally. „Aber ich weiß nicht, wer das ist."

„Ich nehme an, dein Großvater hat ihn in der Vergangenheit gekannt", erklärte Angelica. „Jemand, der David vielleicht ein bisschen ähnlich sieht."

„Meine Mom hat mir einmal eine Geschichte erzählt. Vor Jahren hat Opa Rennpferde gezüchtet, und er hatte eine lange Pechsträhne, in der keins seiner Pferde etwas gewonnen hat. Er hat alles versucht, aber selbst sein bestes Pferd Dancer hatte keinen Erfolg. Opa verlor sein ganzes Geld und alle seine Pferde wurden auf einer Auktion verkauft.“

„Die Geschichte kenne ich auch“, sagte Joanna.

„Aber da ist noch etwas, was du wahrscheinlich nicht weißt. Mom hat später erzählt, dass sich Opa im Nachhinein sicher war, dass Dancers Pfleger heimlich für ein anderes Gestüt gearbeitet hat. Niemand hat ihm geglaubt, weil es keine Beweise gab. Ich nehme an, Opa hatte den Verdacht, weil Dancer nach seinem Verkauf jedes Rennen gewonnen hat. Er wurde sogar richtig berühmt und hat seinen neuen Besitzer sehr reich gemacht.“

„Das ist ja mies“, sagte Joanna.

„Willst du damit sagen, dein Großvater glaubt, dass der Mann, der Dancer gekauft hat, den Pfleger – ich nehme an, sein Name war Graham – bestochen hat, um Dancers Rennen zu sabotieren?“

„Ja, denn nur so konnte er Dancer kaufen. Wenn Opa die Wahl gehabt hätte, hätte er ihn niemals hergegeben. Aber wie ich schon sagte, es gibt keinen Beweis.“

„Aber ich glaube, dass er recht hat.“ Eine männliche Stimme.

Angelica, Joanna und Cally drehten sich um und sahen David im Türrahmen stehen. Sein Haar war gebürstet und sein Gesicht war von Dreck und Blut gesäubert.

„Und ja, er denkt, dass Graham der Pfleger ist, der seinen Pferden etwas gegeben hat, damit sie keine Rennen mehr gewinnen“, fügte David hinzu. „Der alte Mann hat mir eine Menge Dinge vorgeworfen, als er mich ins Haus gezerrt hat. Er hat behauptet, dass Williams – der Typ, der Dancer gekauft hat – mir Geld gegeben hat, damit ich verschwinde. Aber jetzt habe er mich endlich gefunden, und er würde dafür sorgen, dass ich vor der Polizei gestehe, was ich – also er meint natürlich Graham – und Williams verbrochen haben."

„Williams? Du meinst Tangos Besitzer? Dieser Mister Williams?", fragte Joanna.

„Und Dancer war Tangos Vater", sagte Angelica. „Jetzt verstehe ich." Sie drehte sich zu Cally um und nahm ihre Hände. „Dein Großvater ist das Opfer eines Verbrechens. Wegen Mr. Williams und Graham hat er alle seine Pferde verloren. Und da er jetzt glaubt, er sei in der Vergangenheit, will er sie zurückholen"

„Armer Opa. Wir müssen ihn finden!"

„Vielleicht möchte er noch ein Pferd von Mr. Williams holen", sagte Joanna.

„Das würde mich nicht überraschen", antwortete David. „Er schiebt einen echten Hass auf den."

„Nach letzter Nacht wird Mr. Williams auf einen Dieb vorbereitet sein." Callys Stimme war voller Panik. „Er wird Opa schnappen! Und wer weiß, was er dann mit ihm macht."

„Ich hoffe, wir kommen nicht zu spät", sagte Angelica. Sie ließ Callys Hände los und ging zur Tür.

David, Joanna und Cally waren augenblicklich hinter ihr.

Er konnte Thunder nirgendwo finden. Als er mit dem Stall fertig war, ging er zu den Koppeln. Zuerst sah er einen großen Palomino und ein schwarzes Pony. Beide schienen Angst vor ihm zu haben und hielten sich von ihm fern. Sie brauchten sich keine zu Sorgen machen. Er war nur wegen des Ponys seiner Tochter hier. Er war kein Pferdedieb.

Wo konnten sie es nur versteckt haben? Hatten sie irgendwie herausgefunden, dass er auf der Suche nach Thunder war?

Plötzlich erinnerte er sich an die jungen Ponys, nach denen das Mädchen kürzlich gesehen hatte. Sie waren auf einer weiter entfernt gelegenen Koppel, und wenn er sich recht erinnerte, war die Koppel sehr groß. Das Mädchen könnte Thunder mit ihnen rausgestellt haben.

Er stöhnte laut. Wenn Kathys Pony mit den anderen draußen war, würde es ziemlich schwierig werden, es einzufangen. Er war am Ende seiner Kräfte ...

Aber wie konnte er so etwas Egoistisches nur denken? Es war seine eigene Schuld, dass er Thunder bis zum Schluss aufbewahrt hatte. Er hatte keine andere Wahl. Es war an der Zeit, sich die Liebe seiner Tochter zurückzuholen.

Es war eine kühle Nacht, dafür, dass Frühling war. Sie gingen die Verandastufen runter und blieben stehen, als Angelica auf den Schuppen zulief.

„Das ist eine gute Idee“, sagte Joanna, die plötzlich verstand, was Angelica vorhatte. Sie ging hinter ihr her. „Es sind einige Kilometer bis zu Mr. Williams’ Gestüt. Ich nehme Silver Sky.“

Angelica drehte sich abrupt um. „Nein. Wir müssen ihn lassen, wo er ist.“ Als Joanna gerade den Mund öffnete, um etwas zu sagen, hob Angelica die Hand. „Ich weiß nicht, warum, aber es fühlt sich richtig an. Vertraue mir.“

„Aber wen soll ich dann reiten? Wir haben nur drei Pferde, sind aber zu viert.“

„Ich kann gar nicht reiten“, sagte Cally. „Außerdem hat Opa keine Sättel.“

„Macht euch keine Sorgen. Alles wird gut“, versprach Angelica.

„Ja, lasst Angelica ihren Zauber machen“, fügte David hinzu.

Die Pferde sahen sie erwartungsvoll an, als sie in den Schuppen kamen. Innerhalb kürzester Zeit waren sie losgebunden und nach draußen gebracht worden. Breeze, Bonnie und Tango sahen überglücklich aus und tänzelten leichtfüßig herum.

„David und ich reiten zusammen“, erklärte Angelica. „Wenn ich plötzlich verschwinden muss, ist immer noch ein Reiter pro Pferd da. Cally kann Breeze reiten.“

„Dann setze ich mich auf Bonnie“, sagte Joanna schnell. Das Letzte, was sie wollte, war, auf das nervöse Rennpferd Tango zu müssen.

„Hier, ich helfe dir hoch“, sagte David. Er lächelte Joanna an und formte mit seinen Händen einen Steigbügel.

Joanna hatte plötzlich ein seltsames Gefühl im Bauch. „Danke“, stammelte sie. „Tut mir leid, wenn meine Schuhe dreckig sind.“ Sie stellte ihren Fuß auf seine Hände und er warf sie auf den Rücken der Stute. Nach Raven und sogar nach Silver Sky wirkte das Pferd sehr groß. Sky war nur einen Meter vierundvierzig groß, während Bonnie ein Stockmaß um die einen Meter fünfundsechzig haben musste.

Angelica half Cally auf Breeze. „Er wird den anderen Pferden folgen. Halte dich einfach nur an seiner Mähne fest, bis du dich an seine Bewegungen gewöhnt hast.“

Angelica setzte David auf den großen Braunen und schwang sich dann hinter den Jungen. Tango tänzelte die Auffahrt hinunter. Er wusste, dass es nach Hause ging. David lenkte ihn auf den weichen Boden neben der Straße und Bonnie und Breeze folgten ihnen im Gänsemarsch.

„Kannst du schneller reiten, Cally?“ Angelica drehte sich um. Ihre Augen leuchteten golden im Mondlicht.

„Ja“, sagte das Mädchen schüchtern. Tango begann zu traben. Bonnie tat es ihm nach und fiel in ... was war das für ein schaukelnder Gang? Auf jeden Fall nicht Trab, obwohl es sich ähnlich anfühlte.

„Sie geht Pass“, sagte Joanna. „Cool! Ich habe noch nie ein Pferd geritten, das Pass geht!“ Wie seltsam, dass ein Traber sich reiten ließ. „Wir haben Glück, dass sie eingeritten ist“, fügte sie hinzu.

Angelica sah sich um und lächelte.

„Das macht Spaß! Ich hätte nie gedacht, dass reiten so toll ist!“ Cally klang jetzt gar nicht mehr angespannt.

Joanna drehte sich zu Cally um und war froh, wie sicher sie auf Breezes Rücken saß, der in einen weichen und schaukelnden Galopp gefallen war.

„Du bist ein echtes Naturtalent", sagte Joanna.

„Danke. Es ist so einfach mit ihm. Ich bin froh, dass ich nicht Bonnie bekommen habe. Bei ihr sieht es nicht so leicht aus."

„Sie ist aber auch ganz toll."

„Cally, glaubst du, dass wir jetzt noch schneller reiten können?", fragte Angelica.

„Klar."

Tango fiel in einen schnellen Galopp. Bonnies Körper schaukelte in der schnelleren Gangart von einer Seite zur anderen. Joanna traute sich nicht, sich nach Cally umzudrehen. Sie musste ihre ganzen reiterlichen Fähigkeiten anwenden, um sich auf dem blanken Rücken der Stute zu halten, die immer schneller wurde. Wenigstens hatte Cally bei ihrem ersten Ritt ein weich zu sitzendes Pferd.

Sie wollte Angelica gerade sagen, dass sie an der nächsten Kreuzung rechts abbiegen mussten, als Tango von selbst die Richtung einschlug. Natürlich kannte er den Heimweg. Und sie waren jetzt fast da.

„Die Lichter da vorne gehören zum Hof von Williams", rief sie Angelica zu. Tango fiel augenblicklich in einen Trab. Joanna war erleichtert, als Bonnie auch langsamer wurde. Sie war diese Art zu reiten nicht gewohnt und die Beine taten ihr weh.

Tango wurde noch langsamer und ging dann Schritt. Etwa fünfzig Meter vom Hoftor entfernt blieb er stehen. Angelica und David stiegen von dem großen Hengst ab.

Joanna war froh, wieder festen Boden unter den Füßen zu haben. „Danke, Bonnie", flüsterte sie der Stute ins Ohr. „Du bist wundervoll."

Sie warf einen Blick zurück zu Cally. Die stand neben Breeze und hatte die Arme um seinen Hals geschlungen.

„Bist du okay, Cally?“, fragte Joanna leise.

Das Mädchen nickte und wandte sich verlegen ab. „Mir geht es gut“, flüsterte es. „Ich wünschte nur, David könnte verstehen, dass Opa kein schlechter Mensch ist.“ Es rieb sich die Tränen von den Wangen.

„Ich verstehe es“, flüsterte Joanna zurück.

„Wie sieht unser Plan aus?“, fragte David. „Einfach reingehen und ihn finden?“

„Ja, und ihn so schnell und so leise wie möglich rausholen“, sagte Angelica. „Seid ihr bereit? Cally? Joanna?“

„Ich bin bereit“, erwiderte Joanna.

„Ich auch“, fügte Cally hinzu.

Gott sei Dank waren die Ponys einfacher zu finden, als er gedacht hatte. Sobald er das Gatter zu ihrer Koppel erreicht hatte, konnte er sie sehen. Eines von ihnen – es musste Thunder sein – glänzte weiß im Mondlicht.

Der Mann lehnte sich gegen das Tor. In einer Minute würde er weitergehen. Er musste nur wieder zu Luft kommen. Mit müden Augen beobachtete er die Ponys: vier dunkle und ein heller Punkt. Sie waren so weit weg, aber wenigstens würde er nach Hause reiten können.

Er zwängte sich durch den Zaun und ging los. Die Punkte kamen näher, nahmen langsam die Form von Ponys an – und dann sah er sie genauer.

Er hörte ein Schnauben. Nein! Sie durften nicht weglaufen!

„Thunder!", rief er. „Komm her! Es gibt Futter, Junge."

Die Ponys standen einen Moment lang bewegungslos da, dann wieherte eins von ihnen.

Weit hinter ihnen ertönte in der Ferne ein weiteres Wiehern. Der Mann wirbelte herum. Irgendwo im Wald war noch ein Pony. Seltsam.

Er hörte die Gruppe hinter sich antraben und drehte sich wieder um. Alle fünf kamen auf ihn zu. Das weiße befand sich in der Mitte.

Als sie bei ihm waren, legte sich die Enttäuschung wie ein Nebel über ihn. Keines der Ponys war Kathys Thunder. Sie waren alle zu jung, fast noch Fohlen. Thunder war ein ausgewachsener Wallach.

Aber was war mit dem Wiehern, das aus dem Wald gekommen war? War das vielleicht das Pony, das er suchte? Er drehte sich um und ging wieder zurück zum Gatter. Wie sollte er Thunder zwischen den Bäumen finden?

Die Antwort kam sofort. Diese jungen Ponys, die ihm dicht auf den Fersen folgten, würden wissen, wo Thunder war. Ihre Sinne waren ausgeprägter als seine. Sie würden den Wallach für ihn im Wald finden.

Er lächelte. Wenn er sich nicht irrte, grenzte der Wald an sein eigenes Land. Thunder war so nah wie möglich zu Kathy gekommen. Das Leben war manchmal voller Geheimnisse. Wundervoll und unerklärlich. Er musste sich merken, dass Thunder das gemacht hatte, damit er Kathy davon erzählen konnte.

Sie gingen über die leere Wiese auf die Lichter zu. Als sie näher kamen, spürte Joanna Furcht in ihrem Herzen. Der Hof von Mr. Williams war hell erleuchtet – viel heller als sonst. Neue Lampen groß wie Straßenlaternen standen um die Gebäude herum. Und obwohl es viel Schatten zwischen den drei großen Ställen gab, würden sie über den beleuchteten Bereich gehen müssen, um dorthin zu gelangen.

Was, wenn Mr. Williams eine Wache aufgestellt hatte? Ihr Vater würde das machen, wenn die Ponys in Gefahr wären. Und Mr. Williams hatte viel mehr Geld als ihr Vater.

Wenigstens war es im Schatten stockdunkel – ein willkommenes Resultat des grellen Lichts rundherum. Wenn sie es einmal durch den beleuchteten Bereich geschafft hatten, würden sie Schutz darin finden.

Bei den Ställen angekommen, mussten sie Mr. Thomas finden – was ein weiteres Problem mit sich brachte. Wie sollten sie ihn davon überzeugen, leise mit ihnen mitzugehen? Vor allem nachdem er David angegriffen und Angelica zu fangen versucht hatte? Die Aufgabe schien unmöglich, obwohl sie Cally bei sich hatten.

Joanna wusste bereits, was Angelica sagen würde: dass sie es versuchen mussten. Cally würde natürlich zustimmen und Joanna auch. Ihr Problem war nur, dass sie sich einfach nicht vorstellen konnte, wie das funktionieren sollte.

David war der Einzige, der Mr. Thomas vielleicht nicht retten wollen würde. Er wirkte immer noch schlecht gelaunt und sagte kaum ein Wort zu Cally, als sie über die Wiese gingen. Natürlich sprachen sie alle nicht viel, und Joanna war froh, dass er überhaupt nicht mit Cally redete, bevor er unfreundliche Dinge zu ihr sagen würde. Das Schweigen war schon hart genug für ihre neue Freundin.

Schließlich erreichten sie den Zaun, der den Hof eingrenzte. Sie spähten durch die Zaunlatten zu den Ställen. So wie es aussah, hatten Mr. Williams' Angestellte den ganzen Tag viel zu tun gehabt, um die neuen Lampen anzubringen. Wenn sie nur nicht so tüchtig gewesen wären. Da Tango erst letzte Nacht gestohlen worden war, hatten sie wahrscheinlich wenigstens keine anderen Sicherheitsmaßnahmen ergreifen können. Es sei denn, es gab bereits eine Alarmanlage.

„Was sollen wir jetzt machen?“, flüsterte Joanna.

Alle Blicke richteten sich auf Angelica.

„Es bleibt uns nichts anderes übrig, als zu den beiden nächsten Ställen in den Schatten zu rennen.“

Joanna wusste, dass es keine andere Möglichkeit gab, war aber dennoch enttäuscht. „Alle auf einmal? Oder einer nach dem anderen?“

„Ich gehe zuerst. Wenn mich jemand sieht, könnt ihr weglaufen“, entgegnete Angelica.

„Nein, lass mich zuerst gehen“, sagte David.

„Wartet. Was sollen wir machen, wenn wir Mr. Thomas sehen?“, fragte Joanna.

„Ich werde dann mit ihm reden“, antwortete Cally schnell. „Auch wenn er glaubt, dass ich meine Mom bin, wird er auf mich hören.“

Angelica nickte. „Okay. Ich renne rüber.“ Sie ergriff Davids Arm. „Und wenn ich sicher drüben angekommen bin, folgt ihr mir. Im Schatten suchen wir dann nach Seiteneingängen, die nicht so beleuchtet sind.“

„Okay“, sagten Cally und Joanna wie aus einem Munde.

David blickte mit zusammengebissenen Zähnen zu Boden.

„David, es macht Sinn, wenn ich zuerst gehe. Du weißt, warum."

Als er nickte, lächelte Angelica kurz und schlüpfte durch den Zaun. Wie ein goldener Geist stürzte sie über den erleuchteten Hof und verschwand gleich darauf im Schatten zwischen den beiden am nächsten gelegenen Ställen.

David wollte ihr folgen, blieb aber stehen, als Joanna seinen Arm berührte.

„Warum macht es Sinn, wenn sie zuerst geht?" Wenn David etwas über die geheimnisvolle Angelica wusste, fand sie, dann musste er ihnen auch davon erzählen.

„Sie hat magische Kräfte", erwiderte David überrascht. „Wusstest du das nicht?"

„Was?"

„Sie hat magische Kräfte. Sie kann heilen und leuchten und all solche Sachen. Du hast das wirklich nicht gewusst?"

„Nein. Und du, Cally?"

„Dieses Leuchten muss sie bei Opa gemacht haben. Ich dachte, sie hätte eine Fackel oder so etwas, aber ich war mir nicht sicher. Plötzlich war alles so hell, dass ich meine Augen bedecken musste."

„Hat ihm ihr Glühen denn wehgetan?", fragte Joanna David.

„Nein. Sie erschreckt damit nur Leute, die ihr Ärger machen. Sie tut niemandem weh. Ich glaube, das darf sie gar nicht."

„Das darf sie nicht? Wer soll sie davon abhalten, wenn sie magische Kräfte hat?" Joanna wurde plötzlich misstrauisch. „Hey, woher kennst du sie eigentlich?"

„Wir haben jetzt keine Zeit dafür. Die kurze Version der Geschichte ist, dass sie mir das Leben gerettet hat, als ich noch ein Kind war, und ich ihr voll und ganz vertraue. Jetzt kommt! Sie wartet."

Er schlüpfte durch den Zaun und bedeutete Joanna und Cally, ihm zu folgen. „Los", flüsterte er, als sie bereit waren.

Sie rannten. Eine Sekunde, zwei Sekunden, drei Sekunden, vier, fünf, sechs, sieben, acht, und dann waren sie im schützenden Schatten.

Joanna lehnte sich gegen die Stallwand und sah sich um. Niemand hatte sie gesehen, aber warum fühlte sie sich die ganze Zeit so, als ob sie jemand beobachten würde?

Cally und David gingen weiter in den Schatten. Joanna blieb stehen und wartete.

Dann tauchte eine dunkle Gestalt auf. Wenig später gesellte sich eine zweite zu ihr. Deutsche Schäferhunde. Sie schnüffelten beide auf dem Boden, dann ging der dunklere von beiden steif auf Joanna zu, die sich im Schatten versteckte. Mr. Williams hatte einen neuen Weg gefunden, seine Pferde zu schützen: Wachhunde. Als die Tiere näher kamen, sah sie, dass sie die Nackenhaare gesträubt hatten.

Sie musste ihren Freunden ein Zeichen geben – aber wenn sie etwas sagte, würden die Hunde bellen und Mr. Williams sowie seine Mitarbeiter alarmieren. Oder sie würden angreifen!

„Kommt zu mir, meine Schönen", hörte sie Angelica da hauchen.

Beide Tiere blieben stehen und hoben den Kopf. Joanna war mindestens genauso überrascht wie sie. Noch mehr Zauberei?

Das ältere Mädchen ging auf die Hunde zu und blieb auch nicht stehen, als es das Licht erreicht hatte. Es streckte die Hände nach den beiden aus und murmelte etwas.

Der dunkle Hund bellte. Angelica hielt inne und kniete sich hin.

Und wie durch Zauberei legte er sich hin und kroch zu ihr. Der hellere der beiden folgte dem ersten und jaulte.

„Meine Freunde. Wie schön, euch zu sehen." Sie winkte Joanna zu sich. „Komm, ich stelle dir Bandit und Oliver vor."

Joanna ging zu den beiden Hunden, blieb aber stehen, als Angelica plötzlich aufstand.

„Aha", sagte sie, als hätten ihr die Hunde etwas mitgeteilt, und blickte Joanna mit ihren bernsteinfarbenen Augen an. „Ich muss gehen. Silver Sky ... jemand hat ihn im Wald gefunden ... Mr. Thomas." Sie drehte sich zu den Hunden um. „Bandit. Oliver. Seid nett zu meinen Freunden."

Plötzlich sah Joanna einen Blitz. Sie schnappte nach Luft und hielt die Hände vor die Augen. Einer der Hunde kläffte.

Dann verschwand das Licht. Joanna nahm die Hände runter. Angelica war weg – und die beiden großen Deutschen Schäferhunde zu ihren Füßen starrten sie an. Voller Entsetzen sah sie, wie sich das Fell auf Bandits Rücken sträubte. Oliver bleckte die Zähne und ein Knurren ertönte aus seiner Kehle.

Die jungen Stuten führten ihn zu dem Schimmelpony. War das Kathys Thunder? Das Pony sah größer aus, als er es in Erinnerung hatte. Aber das musste Thunder sein.

Sanft murmelnd näherte er sich ihm mit ausgestreckter Hand. Das Pony wich nervös zurück, rannte aber nicht davon.

Mr. Thomas ging näher heran. Da bemerkte er, dass Thunder an einem Baum angebunden war. Mit wild klopfendem Herzen ging der Mann im Kreis und sah sich im dunklen Wald um. Aber die Schatten im Mond waren zu groß. Jeder konnte hier sein, vielleicht sogar nur einige Meter entfernt von ihm, und er würde es nicht merken. Er konnte selbst die jüngeren Ponys kaum noch sehen, es sei denn, sie bewegten sich. Wie sollte er einen Menschen bemerken, der sich hier versteckt hatte?

Er erstarrte. Unmöglich!

Da war ein Mensch. Er leuchtete schwach, als er auf ihn und die Ponys zuging. Er kam langsam und anmutig über den Weg, den er gerade entlanggegangen war. Näher. Näher.

Mit vor Ehrfurcht geöffnetem Mund drehte sich Mr. Thomas zu Thunder um. Das Licht tanzte auf der Mähne und dem Rücken des Ponys und leuchtete in seinem Schweif. Magisch!

Plötzlich erinnerte er sich an das Mädchen, das er im Schuppen gesehen hatte. Es war also kein Traum gewesen. Er war sich nicht mehr sicher gewesen. „Wer bist du?“, fragte er.

Das Mädchen antwortete nicht, es kam einfach nur näher.

Um ihn herum ertönten die Geräusche des Waldes: zwitschernde Vögel, seufzende Äste. Eine Brise streichelte sein Gesicht und in weiter Ferne hörte er eine Flöte. Oder doch keine Flöte? Vielleicht der Wind oder der Mond und die Sterne, die oben für ihn sangen.

Wenige Meter entfernt blieb das seltsame Mädchen stehen.

„Das Pony, von dem du glaubst, dass es Thunder ist, hat sich damit einverstanden erklärt, dich zu tragen", sagte es. Seine Stimme war noch viel melodiöser als die anderen Geräusche. „Steig bitte auf."

Der Mann wich zurück, bis er das Pony hinter sich spüren konnte – und diesmal scheute Thunder nicht vor ihm.

Das musste ganz sicher ein Traum sein.

Als er sicher auf dem Rücken des Ponys saß, ging das Mädchen in den Wald. „Kommt." Die jungen Ponys folgten ihm eins nach dem anderen. Thunder war der Letzte. Wer hatte ihn losgemacht?

Aber das war ja eigentlich egal. Es war nur ein Traum und in Träumen war alles möglich.

Bandit kam einen Schritt näher. Und noch einen.

„Lauf, Joanna! Hier ist eine Tür." Das war Davids Stimme.

Aber er war zu weit weg.

Es gab nur eins, was sie machen konnte. Denselben Trick benutzen, den Angelica schon angewendet hatte. Joanna ging auf Bandit und Oliver zu und streckte die Hand aus. „Brave Jungs", murmelte sie. „Ich bin auch nett, so wie Angelica. Ich werde euch nichts tun. Und ihr werdet mir nichts tun, nicht wahr?"

Bandit blieb stehen und legte den Kopf auf die Seite. Oliver stellte sich neben ihn und knurrte immer noch. Er bellte einmal. Zweimal.

„Pst, Oliver. Sitz jetzt."

Und beide Hunde setzten sich tatsächlich hin! Joanna riss die Augen auf. Sie hatten auf sie gehört. Vorsichtig ging sie auf sie zu und blieb am Rand der Dunkelheit stehen. Angelica war ins Licht gegangen, um die Hunde zu begrüßen, aber so selbstsicher war Joanna nicht.

Bandit sah nach rechts und jaulte. Oliver stand auf und bellte wieder. Diesmal befahl Joanna ihm nicht, leise zu sein. Diesmal blieb sie wie zur Salzsäule erstarrt stehen. Sie hatte zu große Angst zu rennen – zu große Angst, sich zu bewegen.

Mr. Williams kam aus der Richtung des Hauses und ging auf die beiden Hunde zu. Fünf Pferdepfleger kamen aus dem Wohnhaus für die Angestellten über den Hof. Es waren alles starke Männer. Joanna, Cally und David hatten keine Chance.

Joanna schrie beinah, als sie eine Hand auf ihrem Arm spürte.

„Ich habe eine Idee", flüsterte David dicht neben ihrem Ohr. „Ich nehme an, dass es diesmal gut ist, wie dieser Graham auszusehen."

Dankbar schlüpfte Joanna hinter ihn. Die Männer hatten sie immer noch nicht gesehen, aber die Hunde wussten, dass sie da waren. Es würde nicht lange dauern, bis Mr. Williams sie auf die Eindringlinge ansetzen würde. Er musste wissen, dass sich jemand im Schatten verbarg. Warum würde Oliver sonst bellen?

David machte den Kragen seiner Jacke hoch.

„Bandit! Oliver! Fasst!"

Die beiden Hunde sprangen auf sie zu – und David trat ins Licht. Die Tiere blieben schlitternd vor ihm stehen. Auch die Männer hinter den Tieren hielten an. Mr. Williams, der vorneweg ging, war einen Moment sprachlos.

David stand mit den Händen in den Taschen da und sah von einem zum anderen.

„Wer sind Sie?", fragte Williams.

„Erkennen Sie mich nicht?", antwortete David. Er klang ungeduldig. „Das sollten Sie aber."

Mr. Williams trat näher, um das Gesicht des jungen Mannes besser erkennen zu können. „Ich habe Sie noch nie gesehen."

„Nicht mich. Aber meinen Dad", sagte David. „Ich sehe aus wie er."

„Ich kenne Ihren Vater nicht." Mr. Williams machte einen Schritt zurück und bedeutete den Pflegern, dass sie David packen sollten.

„Das würde ich nicht machen, wenn ich Sie wäre", warnte David. „Ich habe Beweise für das, was Sie gemacht haben, Williams. Ich habe Unterlagen. Daten. Dad hat sie mir gegeben. Er hat mir alles erzählt, auch wie reich Sie geworden sind.“ Er lachte kalt und hart. „Ich finde, es ist an der Zeit, dass ich mir meinen Anteil hole.“

„Wer ist Ihr Vater?“

David blickte ihm direkt in die Augen. „Ich weiß, dass Sie die Ähnlichkeit sehen können.“

„Graham. Ich ...“

„Spielen Sie keine Spielchen mit mir, Williams. Ich habe Beweise. Natürlich nicht hier, sondern an einem sicheren Ort. Ich weiß alles über Mr. Thomas und was Sie ihm angetan haben. Möchten Sie, dass ich Ihren Jungs davon erzähle?“

„Nein!“

„Soll ich die Polizei rufen, Mr. Williams?“, fragte der größte Pfleger.

„Nein. Lasst mich nachdenken.“

„Natürlich nicht“, sagte David. „Wenn Sie das machen, wird bald alle Welt sein kleines Geheimnis kennen.“

„Und was für ein Geheimnis soll das sein?“, wollte der Pfleger wissen.

„Ja. Was für ein Geheimnis?“, fragte ein anderer.

„Soll ich es ihnen erzählen? Oder geben Sie mir Geld?“

„Ich zahle“, sagte Mr. Williams schnell. „Kommen Sie ins Haus.“

„Nein, ich warte hier. Bringen Sie genug, damit ich meinen Mund halte.“

Williams drehte sich zu seinen Angestellten um. „Haltet ihn hier fest, bis ich zurück bin.“ Dann ging er zum Haus.

Die Pfleger starrten David an. „Haben Sie Tango gestohlen?“, fragte der größte von ihnen.

David schüttelte den Kopf. „Nein. Aber ich bringe ihn

zurück. Und ich habe auch gar kein Interesse an Williams' dreckigem Geld. Er kann es behalten. Ich möchte nur, dass Sie wissen, was passiert ist; wie aus Williams wurde, was er heute ist. Und ich möchte, dass Sie mich gehen lassen, nachdem ich es Ihnen erzählt habe."

„Wir hören zu."

Und David berichtete es ihnen. Joanna spürte, wie ihr die Tränen über die Wangen liefen, als sie hörte, wie Graham und Mr. Williams sich zusammengetan hatten, um Callys Großvater zu ruinieren. Neben ihr schniefte Cally und der scharfe Blick des großen Pflegers wanderte in ihre Richtung.

„Wer ist da? Kommt raus, oder ich hetze die Hunde auf euch."

Joanna nahm Callys Hand und ging mit ihr ins Licht. Oliver kam und leckte Joannas Hand. Bandit war direkt hinter ihm und wedelte mit dem Schwanz.

„Bist du die Enkelin?", wollte der Pfleger von Joanna wissen.

„Nein, ich", sagte Cally.

„Das mit deinem Großvater tut mir leid."

„Danke", flüsterte sie.

„Ich habe Gerüchte gehört, wie Mr. Williams zu seinem Reichtum gekommen sein soll", fuhr er fort. „Ich habe mich schon immer gewundert."

„Ich auch", sagte ein anderer mit rotem Haar. „Aber ich nehme an, ihr habt nicht wirklich Beweise, oder?"

David schüttelte den Kopf.

„Dass Williams so schnell zahlen möchte, ist für mich Beweis genug", sagte der große Pfleger.

Joanna blickte nervös in Richtung Haus. „Wir sollten gehen, bevor er zurückkommt." Als der große Pfleger nickte, fügte sie hinzu: „Wir bringen Sie zu Tango." Sie gingen

Richtung Straße los und die beiden Männer schlossen sich ihnen an.

„Ich bin übrigens Casey“, sagte der große.

„Ich bin Josh“, nannte der mit dem roten Haar seinen Namen.

Joanna, Cally und David stellten sich ebenfalls vor.

„Danke, dass Sie uns geglaubt haben“, sagte Cally, als sie die Straße erreicht hatten.

Eine Zeit lang war das Geräusch ihrer Füße auf dem nassen Asphalt das Einzige, was sie hörten. Dann seufzte Casey. „Ich kann es euch ja erzählen. Es mag keinen Beweis dafür geben, dass Williams deinen Großvater übers Ohr gehauen hat, Cally, aber ich wette, es gibt Indizien, dass Williams das Spielchen immer noch mit anderen Ställen spielt.“

„Was wollen Sie damit sagen?“, fragte Cally.

„Wir arbeiten länger hier als die meisten anderen Pfleger. Es ist nicht leicht, für Williams tätig zu sein, deshalb wechseln die Angestellten sehr oft. Josh bleibt wegen Tango und ich, weil ich hier in der Nähe aufgewachsen bin. Ich liebe diese Region und ich arbeite gerne mit Rennpferden. Wie dem auch sei, jedenfalls konnte ich kürzlich nachts nicht schlafen und bin nach draußen gegangen, um einen Spaziergang zu machen. Als ich zurückkam, bemerkte ich einen Typen, der ganz leise an Williams' Tür klopfte. Es erschien mir seltsam, ging mich aber nichts an, also kümmerte ich mich nicht weiter darum. Letzte Woche ist Williams dann zu einer Insolvenzversteigerung gefahren und hat für wenig Geld einen Haufen netter Pferde gekauft.“

„Als Casey mir von dem Typen erzählte“, fügte Josh hinzu, „erinnerte mich das an einen anderen Mann, den ich letztes Jahr am Stall gesehen habe. Tango mochte ihn nicht und versuchte, ihn zu beißen; deshalb habe ich ihn nicht vergessen, obwohl er nur ein paar Stunden da war. Als ich

Casey den Typen beschrieben habe, stellten wir fest, dass wir den gleichen Mann gesehen hatten. Dann haben wir in einem alten Terminkalender nachgesehen und herausgefunden, dass Mr. Williams letztes Jahr kurz nach dem Treffen mit diesem Mann ebenfalls zu einer Insolvenzversteigerung gegangen ist.“

„Vor einigen Tagen haben wir Williams darauf angesprochen“, fuhr Casey fort. „Er hat uns erzählt, dass der Typ ein Pferdehändler ist.“

„Aber er hat sich nicht wie ein Händler benommen, mitten in der Nacht hier aufzutauchen und so“, schloss Josh. „Und beide Male hat Williams anschließend bei einer Versteigerung günstig Pferde gekauft.“

„Williams macht also immer noch das Gleiche? Schickt jemanden als Pfleger an einen anderen Stall, und der sabotiert die Pferderennen bis der Besitzer pleite ist?“, fragte Joanna entsetzt.

„Ich glaube schon; vor allem, nachdem ich eure Geschichte gehört habe“, sagte Casey.

„Und nachdem wir gesehen haben, wie schnell er David das Geld geben wollte“, fügte Josh hinzu.

„Ich bin so froh, dass wir euch davon erzählt haben“, platzte es aus Joanna heraus. „Zu viele Menschen und Pferde haben deswegen schon gelitten.“

Vor ihnen in der Dunkelheit ertönte ein Wiehern. Ein breites Lächeln legte sich auf Joshs Gesicht. „Ich würde meinen Tango auch blind erkennen“, sagte er und ging schneller.

„Was werdet ihr machen, wenn Williams ins Gefängnis kommt?“, fragte Joanna, die sich plötzlich ganz schrecklich fühlte. Jetzt würden Tango und die anderen Pferde vielleicht verkauft. Die Pfleger würden wahrscheinlich ihren Job verlieren.

„Ich habe gehört, dass der Traberstall im Moment Jobs vergibt und die Leute dort ehrliche Menschen sind", antwortete Casey.

„Das sind sie", meinte Cally. „Sie sind mit meinem Opa befreundet."

„Und ich gehe mit Tango", sagte Josh. „Er ist nur glücklich, wenn ich bei ihm bin. Seine neuen Besitzer werden das schnell merken. Da bist du ja, mein Schöner." Der rothaarige Pfleger legte die Hände seitlich an den Kopf des großen Pferdes. Tango reckte den Hals und blies fest in sein Gesicht.

Joanna lachte. Joshs Freundschaft mit Tango war wie ihre mit Raven und Silver Sky.

„Danke für alles", sagte Casey und schüttelte David die Hand. Dann wandte er sich an Joanna und Cally. „Und macht euch keine Sorgen. Wir kümmern uns um Williams. Wir können der Polizei genug Informationen geben, damit sie die Beweise kriegen, die sie brauchen."

„Danke", erwiderten Cally und Joanna gleichzeitig.

„Berichtet mir, wie es weitergegangen ist", bat David sie. „Hier, ich gebe euch meine Handynummer." Er zog einen Stift aus seiner Jackentasche, hatte aber kein Papier, sodass Casey die Nummer auf seine Hand schrieb. Dann führten die beiden Pfleger Tango zurück zu Williams' Stall.

Joanna sah ihnen nach; der Hengst würde bald nicht mehr in ihrer Nähe leben. Es war ein bisschen so, als hätte man eine Berühmtheit in seiner Nachbarschaft, und obwohl sie ihn vorher nie gesehen hatte, würde sie es schade finden, wenn er woanders hinkam. Aber es würde ihm gut gehen. Daran hatte sie keinen Zweifel. Tango würde mehr als jemals zuvor verwöhnt werden. Sie seufzte und stellte sich neben Breeze. „Kann ich mit dir zurückreiten?", fragte sie Cally.

Ihre Freundin nickte. „Komm, ich helfe dir hoch."

„Cally, bevor wir losreiten, äh, ich wollte dir nur sagen, dass ich weiß, dass es nicht die Schuld deines Opas ist", sagte David. „Auch nicht, dass er mich in den Keller geworfen hat. Er ist doch einfach nur ein alter Mann, der Hilfe braucht."

Cally sah zu ihm hoch. Ihre Augen waren ganz groß und das Mondlicht spiegelte sich darin.

„Er hat allen Grund, wütend auf Graham zu sein", fuhr David fort. „Diese beiden Verbrecher haben seine Pferde gestohlen, plus das Geld, das Dancer später gewonnen hat. Auf gewisse Art und Weise sogar Tango, denn dein Opa hätte bestimmt die besten Fohlen von Dancer behalten. Tut mir leid, wenn ich sauer auf dich gewesen bin."

Cally streichelte Breeze über den Hals. „Das ist schon okay."

Ich danke euch, meine Lieben. Danke, dass ihr diesem Mann geholfen habt, der sich im Labyrinth seiner Erinnerungen verirrt hat. Wie er euch braucht! Er hat es instinktiv gewusst. Und ich glaube, das ist der Grund, warum er sich an euch gewandt hat, obwohl seine Art, um Hilfe zu bitten, sehr verwirrend und unverantwortlich war.

Ich bin so dankbar für euer Mitgefühl. Dieser Mann ist zu lange verschollen gewesen.

Der Heimritt war ruhig und friedlich.

„Breeze ist herrlich zu reiten“, sagte Joanna. „So weich und er hat so einen schönen langen Schritt.“

„Hat er?“, fragte Cally. „Mir kommt er etwas holprig vor.“

„Ich lasse dich morgen Raven reiten. Dann merkst du den Unterschied.“

„Ich fahre morgen nach Hause. Hast du das vergessen?“

„Ach ja“, sagte Joanna leise. „Ich wünschte ...“

„Ich auch.“ Es entstand eine lange Pause. „Hey, weißt du schon, was du mit Raven machst?“

„Wer ist Raven und was ist das Problem?“, fragte David.

„Das ist Joannas Pony. Sie wird zu groß dafür.“

„Musst du es verkaufen?“

„Ich hoffe nicht“, sagte Joanna.

„Hast du keine kleineren Geschwister?“

„Nur zwei ältere Brüder.“

„Jüngere Cousins oder Cousinen? Oder wie wäre es, ihn der jüngeren Schwester oder dem jüngeren Bruder einer Freundin zu leihen?“

Joanna schwieg. Sie hatte keine jüngeren Cousins, die in der Nähe wohnten. Aber Raven verleihen? Das war eine Möglichkeit. Ihr fiel jedoch keine Freundin ein, die kleine pferdeverrückte Geschwister hatte. Aber es war die beste Idee, die sie bis jetzt gehört hatte.

„Es ist so dunkel“, unterbrach Cally Joannas Gedanken.

„Was?“

„Unser Haus. Sieh mal! Opa ist noch nicht zurück."

Cally hatte recht. Es brannte kein Licht.

„Mach dir keine Sorgen", sagte Joanna. „Angelica wird ihm helfen. Sie hat bestimmt noch einige Asse im Ärmel."

Sie kamen zur Auffahrt, und Breeze bog automatisch ein, als würde er nach Hause gehen. Bonnie blieb auf der Straße stehen und starrte in die Richtung, von der Joanna wusste, dass dort ihr Stall war. Dann folgte sie Breeze widerwillig.

„Morgen, Bonnie. Morgen kannst du nach Hause."

„Schau mal", flüsterte Cally. Sie deutete auf den Schuppen.

Jetzt, da sie näher dran waren, konnte Joanna ein schwaches Licht in dem kleinen Gebäude sehen. Sie stieg ab und Cally tat es ihr nach.

„Habt keine Angst. Ich weiß, was das ist", sagte David, der von Bonnie abstieg.

„Was?", fragte Joanna.

David lächelte. „Ich glaube, mit das Coolste, was wir jemals zu Gesicht bekommen werden."

Joanna und Cally schlichen zu der offenen Schuppentür. David war direkt hinter ihnen.

Cally holte tief Luft und Joanna blieb der Mund offen stehen. Dort, in der Mitte des Schuppens, standen mehrere Ponys – Silver Sky und die jungen Stuten. Licht funkelte ihren Rücken entlang über ihre Mähnen, von da aus zwischen den Ohren hindurch und runter zu ihren Nüstern in Richtung von Mr. Thomas, der tief schlafend zu ihren Füßen im Stroh lag.

„Was macht sie da?", flüsterte Cally.

„Etwas Gutes", wisperte David zurück. „Bei Angelica ist es immer etwas Gutes."

Um ihn herum waren seine Pferde. Der Traum war wieder da.

Er versuchte die Augen zu öffnen, aufzuwachen. Aber es gelang ihm nicht. Er wollte schreien. Würde dieser Alptraum ihn für den Rest seiner Tage verfolgen?

In seinem Kopf hörte er ganz leise eine Melodie. Ein regenbogenfarbener Blitz berührte Dancers Rücken, sprang dann auf Rocket Gals Mähne und von dort aus auf Thunders Flanke und auf Wings' Schulter. Und überall funkelte er, wurde größer.

Was geschah hier? Das war jetzt ein anderer Traum. Erstaunlich, herrlich anders!

Jetzt stand er auf einer Wiese. Verwundert drehte er sich im Kreis. Der Himmel war saphirblau und das Gras tiefgrün. Da stand eine riesige Eiche mit leuchtenden Blättern an ihren anmutigen Ästen. In der Ferne grasten noch mehr Pferde. Schimmel, Braune, Rappen und Füchse, ihm bekannte Pferde. Pferde, die er gezüchtet hatte. Pferde, die vor langer Zeit in seinem Stall gestanden hatten.

Er ging zu seinen Freunden, streichelte einem jeden dankbar über den weichen Hals. Sie schienen ihn nicht mehr anzuklagen.

Aber das mussten sie auch nicht. Seine Schuld nagte schon genug an ihm.

„Es tut mir leid, meine Besten", murmelte er. „Ich habe seinen Betrug nicht rechtzeitig erkannt. Wenn ich hätte beweisen können, was er gemacht hat, hätte ich euch vielleicht zurückbekommen. Aber ich habe versagt. Es tut mir so leid."

Dennoch bist du derjenige, der indirekt dafür gesorgt hat, dass Williams zur Strecke gebracht wurde.

Er wirbelte herum. „Wer ist da?", stammelte er.

Ein Freund, der dir die Wahrheit sagt.

Er schluckte nervös. „Du sagst, dass Williams zur Strecke gebracht wurde?"

Ja. Denk nicht mehr an ihn. Genieß die Zeit mit deinen Freunden. Bald wirst du aus diesem verzauberten Schlummer aufwachen und sie nicht wiedersehen, bis du hinübergehst.

Eine braune Stute kam jetzt auf ihn zu und die restlichen Pferde folgten ihr eins nach dem anderen. Er erinnerte sich an die Stute, die vorneweg ging. Sie war ein vielversprechendes Fohlen gewesen. Kathy hatte sie vergöttert und wollte sie Bunny nennen, weil sie immer herumsprang wie ein Hase. Obwohl sie einen echten Rennpferdenamen bekommen hatte, Dance In Time, hatte man sie im Stall Bunny genannt – bis Williams sie gekauft hatte.

Nein, er musste diesen Mann aus seinem Kopf bekommen.

Ich muss dir noch was Wichtiges sagen. Wenn du Hilfe brauchst, dann sei nicht zu stolz, darum zu bitten. Du verpasst viel, wenn du deinen Stolz nicht zu überwinden lernst.

Wovon redete diese Stimme?

Erinnere dich an meine Worte. Auf Wiedersehen.

„Warte!"

Etwas berührte seinen Arm und er wirbelte herum. Wings. Die Stimme hatte gesagt, dass er sie erst wiedersehen würde, wenn er hinübergegangen war. Hieß das, dass alle seine Freunde hier tot waren und er sie erst nach seinem eigenen Ableben wiedertreffen würde?

Aber natürlich waren sie nicht mehr da. Sie hatten ihm vor dreißig Jahren gehört. Wie hatte er denken können, dass sie noch lebten? Es gab nur eins zu tun: auf die Stimme zu hören und die Zeit, die ihm noch blieb, mit seinen Freunden zu genießen.

Vergiss Williams für immer. Er war es nicht wert, dass du einen Gedanken an ihn verschwendet hast.

Und das mit dem Stolz – was hatte die Stimme damit gemeint?

Sie schien weise zu sein, diese Stimme. Und sie hatte ihm ein perfektes Geschenk gegeben.

Über die Sache mit dem Stolz würde er später nachdenken.

Die magischen Funken verschwanden langsam von den Ponys. Eins nach dem anderen hoben sie ihre Köpfe und sahen Joanna, Cally und David an, die im Türrahmen standen.

„Wo kommen sie her?“, fragte Cally verblüfft.

„Das sind unsere Ponys“, antwortete Joanna. „Aber ich habe keine Ahnung, was hier los ist.“

Silver Sky wieherte, als er Joanna sah, und ging zu ihr. Als er sich bewegte, konnte sie Angelica neben Mr. Thomas’ Kopf knien sehen.

„Angelica?“

Das Mädchen mit den goldenen Haaren sah sie an. „Diesmal haben wir ihm gute Träume mitgegeben“, sagte es lächelnd. „Seine Alpträume sind vorbei.“

Joanna gähnte, als sie sich mit Silver Sky von der Koppel der Jungstuten aus auf den Heimweg machte. Es war so eine Erleichterung, dass sie wieder sicher und gesund auf ihrer Weide standen. Sie hatte sich jedoch keine allzu großen Sorgen gemacht. Sie hatte gewusst, dass Angelica die Ponys niemals absichtlich in Gefahr gebracht hätte.

Als sie am ersten Tor ankamen, machte Silver Sky seinen Job wie ein Profi.

„Guter Junge", sagte Joanna und tätschelte seine Schulter. „Was für eine Nacht, oder? Es ist noch nicht alles vorbei, aber wenigstens können wir vor der nächsten Aufregung noch etwas schlafen."

Der Schimmel wieherte leise.

„Du warst toll heute Nacht, Kumpel."

Und das war er wirklich gewesen. Die Art und Weise, wie er, die Jungstuten und Angelica Mr. Thomas gerettet und wahrscheinlich sogar verändert hatten, war einfach erstaunlich gewesen. Die Ponys hatten ihm Frieden gegeben, hatte Angelica Cally nachher erklärt. Und sie, Angelica, hatte ihm einen Rat ans Herz gelegt, von dem sie hoffte, dass er ihn befolgen würde.

Als Cally gefragt hatte, was für ein Rat das gewesen sei, hatte Angelica nur gelächelt. Das sei eine Sache zwischen ihnen beiden, hatte sie entgegnet. Dann hatte sie jedem von ihnen eine Halskette gegeben. Auch David hatte eine neue bekommen. Schließlich hatte sie ihnen erklärt, wie sie die Ketten anwenden mussten, wenn sie ihre Hilfe brauchten.

Davids Auto war trotz des Unfalls sofort angesprungen, und nachdem er mit Cally und Joanna Telefonnummern ausgetauscht hatte, hatte er ihnen alles Gute gewünscht und war durchs offene Fenster winkend davongefahren. Bevor Joanna ihre Ponys nach Hause brachte, hatte sie Cally versprochen, dass sie am nächsten Morgen rüberkommen würde. Angelica war mit ihr bis zur Grenze des Grundstücks gekommen, um ihr die Öffnung zu zeigen, die sie in den Zaun gemacht hatte. Als Joanna und die Ponys hindurchgegangen und die Balken danach wieder an Ort und Stelle geschoben hatten, hatte Angelica sie alle zum Abschied umarmt.

Jetzt seufzte Joanna und berührte die prickelnde Halskette mit ihren Fingerspitzen. Sie war so froh, dass Angelica sie ihr gegeben hatte. Der Gedanke, dass sie das ältere Mädchen nie wiedersehen würde, hätte sie sehr traurig gemacht. Außerdem war die Halskette ein Andenken an David, Cally und ihre wilden Abenteuer.

Sie ritt durch das zweite Tor und kam auf dem Hof an. Raven stand im Stall und wieherte laut.

Joanna nahm die Zügel kürzer, damit der Hengst nicht antwortete. „Pst, Silver Sky. Ich möchte nicht, dass jemand aufwacht."

„Zu spät." Die Stimme kam aus der Richtung, wo die Stalltür war.

Joanna hielt Silver Sky an. „Robbie?" Dass ausgerechnet er sie erwischen musste!

Ihr älterer Bruder tauchte aus dem Schatten auf. Noah war ihm dicht auf den Fersen. „Was denkst du dir eigentlich dabei, mein Pony zu reiten?"

„Er ist nicht dein Pony. Er gehört dem Hof. Und du darfst es Dad nicht erzählen, ja? Bitte, Robbie! Bitte!" Joanna schwang sich aus dem Sattel und führte Silver Sky zu Robbie und Noah. Wenn es sein musste, würde sie ihn auch anflehen. Der schwarze Hund wedelte mit dem Schwanz und kam auf sie zu.

„Natürlich werde ich es ihm sagen."

„Ich fasse es einfach nicht! Ich habe dein Geheimnis bewahrt, als du Dad erzählt hast, dass du mit den Ponys im Gelände trainierst und in Wirklichkeit zu Jennifer geritten bist."

„Das war etwas anderes. Ich habe die Ponys nicht in Gefahr gebracht", sagte Robbie und kam näher. „Und ich habe trotzdem alle Meisterschaftsschleifen auf dem Turnier gewonnen. Darum geht es."

„Nun ja, ich habe Silver Sky offensichtlich auch nicht verletzt. Und ich bin mir sicher, dass Dad es mehr hasst, wenn er angelogen wird, als wenn man ihm einfach etwas nicht sagt."

„Darauf würde ich mich nicht verlassen."

Robbie versuchte ihr Silver Skys Zügel wegzunehmen, aber Joanna war schneller. Sie versteckte sie rasch hinter ihrem Rücken und starrte ihn mit vorgestrecktem Kinn an. „Möchtest du das wirklich riskieren?"

„Du verwöhnte Göre!" Seine Stimme war hoch und zitterte vor Wut.

Joanna wich zurück. Automatisch ging ihre Hand zu ihrer Kehle – und berührte die Halskette, die Angelica ihr gegeben hatte. Plötzlich überkam sie eine große Ruhe und sie verstand, warum ihr Bruder in letzter Zeit so gemein zu ihr gewesen war.

„Warum kannst du nicht einfach mit Mom einkaufen gehen", fauchte er. Aber diesmal hörte Joanna die Verzweiflung, die sich hinter der Wut verbarg. Er hatte Angst, dass sie ihm seinen Platz auf dem Hof streitig machen könnte.

Sie holte tief Luft. „Robbie, ich möchte dir nichts wegnehmen“, sagte sie so ruhig wie möglich. „Ich liebe die Ponys auch. Ich habe sie immer geliebt. So wie du. Und ich werde nicht weggehen. Du solltest dich also an mich gewöhnen. Ich werde hier arbeiten, wenn ich mit der Schule fertig bin. Der Hof und die Zucht von weiteren Generationen von Sportponys wird mein Job werden.“ Sie hielt einen Moment inne, um ihre Worte wirken zu lassen. Dann fuhr sie fort. „Ich sehe aber keinen Grund, warum wir nicht zusammenarbeiten können. Du gehst gerne auf Turniere. Das ist toll. Ich werde wahrscheinlich auch auf Turniere gehen, weil wir so Werbung für unsere Ponys machen. Aber vor allem liebe ich die Arbeit mit den Stuten und mit den Fohlen. Wir könnten doch Partner sein.“

Robbie sah auf den Boden.

„Und danke für das Kompliment“, fügte Joanna hinzu. „Du musst mich für eine tolle Reiterin halten, wenn du mich als Konkurrenz betrachtest.“

„Nicht wirklich. Du bist ganz gut. Für dein Alter.“

„Danke“, sagte Joanna trocken.

„Gern geschehen.“ Zum ersten Mal seit einer Ewigkeit lächelte Robbie. „Es ist etwas anderes; etwas, das Dad gesagt hat. Ich dachte, du würdest mich hinterlistig aus dem Weg räumen wollen.“

„Was?“

„Er findet, dass Raven zu klein für dich wird und ...“

„Oh nein.“ Joanna lehnte sich gegen Silver Sky. „Er will ihn verkaufen, nicht wahr?“ Dann sah sie zu ihrem Bruder auf. „Aber warum solltest du deswegen sauer sein?“

„Das war es nicht.“ Robbie holte tief Luft. „Er überlegt, ob er dir Tessie gibt.“

„Was?“ Unermessliche Freude klang in dem einen Wort mit.

„Na, Silver Tresses. Surprises letztes Fohlen. Die Zweijährige."

„Ich weiß, wer Tessie ist. Er überlegt, ob er sie MIR gibt?"

„Ja", sagte Robbie mürrisch.

„Und Dad hat dir nie ein eigenes Pony gegeben", ergänzte Joanna, die langsam verstand. „Aber Robbie, das heißt doch nicht, dass er mich mehr mag. Ich wette, er möchte Tessie nur nicht verkaufen, weil sie Surprises letztes Fohlen ist. Ich bin einfach nur eine gute Entschuldigung dafür. Und du bist so ein guter Reiter. Wahrscheinlich möchte er dich nicht an ein bestimmtes Pony verlieren."

„Vielleicht." Robbie kniete sich hin und kraulte Noah hinter den Ohren. „Aber es nervt."

„Warum sagst du ihm nicht einfach, dass du ein eigenes Pony möchtest?"

„Und wenn er Nein sagt?"

„Wetten, dass er das nicht macht? Er weiß bestimmt noch nicht einmal, dass du das so gerne möchtest. Wahrscheinlich glaubt er, dass du glücklich bist, so wie es ist. Wenn du fragst, darfst du dir vielleicht ein Pony aussuchen."

„Vielleicht."

„Oder ich sage es ihm."

Robbie stand auf. „Ich bin kein Baby."

Joanna nickte. „Erzählst du ihm jetzt, dass ich Silver Sky geritten habe?"

„Ich glaube nicht."

„Und wir sind Partner, ja?"

Robbie zuckte mit den Schultern. „Wenn es sein muss. Soll ich dir bei Sky helfen?"

„Nein, ich komme schon klar."

Robbie gähnte. „Gut."

Joanna führte den Hengst an ihm vorbei in den Stall.

„Joanna."

Sie blieb stehen und drehte sich um.

„Und ich habe die Lösung für Raven. Es überrascht mich, dass du nicht selbst darauf gekommen bist."

„Ich hatte zu viel im Kopf", sagte sie und warf ihr Haar zurück. Konnte ja sein, dass sie und Robbie Waffenstillstand hatten, aber so ganz traute sie der Sache noch nicht.

„Denk doch mal einen Moment nach."

„Du kannst manchmal so nerven. Sag es einfach."

„Kleines, freundliches, zuverlässiges Pony ..."

„Ja und?"

„Im September kommt unsere Nichte zur Welt ..."

„Oh, das ist perfekt!"

„Nun ja, es wird mindestens zweieinhalb Jahre dauern, bis sie ihn reiten kann."

„Aber es dauert auch noch ein Jahr, bis Tessie angeritten werden kann. Und dann kann Raven sich ein Jahr ausruhen. Dad wird bestimmt nicht das perfekte Pony verkaufen, nur weil es eine Weile nicht geritten wird. Danke, Robbie."

„Jederzeit." Ihr Bruder ging schon Richtung Haus, als Joanna hörte, wie er noch ein Wort sagte. Sie musste lachen. Sie war sich nicht hundertprozentig sicher, aber es hatte geklungen wie: „Partner."

Trotz ihrer Erschöpfung konnte Joanna nicht sofort einschlafen. In Gedanken sah sie eine wunderschöne, zweijährige Schimmelstute mit dem Namen Silver Tresses – bald ihre Tessie – neben einem kleinen, schwarzen Pony galoppieren und tänzeln. Sie waren voller Freude und sprangen über Zäune, schwammen im Fluss und trabten über Blumenwiesen. Als sie endlich schlief, träumte sie noch nicht einmal, so müde war sie. Und plötzlich war da ein Geräusch ...

Der Radiowecker. Sie rieb sich die Augen, bevor sie auf die Uhr sah. Er lief jetzt schon seit zwei Stunden und sie hatte ihn nicht gehört. Und niemand hatte ihr gesagt, dass sie aufstehen musste.

Es ist Sonntag, erinnerte sie sich. Der Ruhetag auf dem Hof, wenigstens für die Ponys. Die Ställe mussten natürlich ausgemistet und die Tiere gefüttert und geputzt werden. Aber kein Training.

„Hey, Schlafmütze", sagte ihre Mutter, als sie in die Küche kam.

„Warum hat mich niemand geweckt?"

„Robbie hat gesagt, dass er deine Pflichten für heute Vormittag übernimmt. Er hat zu viel Energie, nehme ich an."

Joanna gähnte. „Ich habe Cally versprochen, dass ich sie heute Morgen besuche. Ihre Eltern kommen heute wieder und dann fährt sie."

„Wer ist Cally?"

„Die Enkelin von Mr. Thomas."

„Ich dachte, sie heißt Kathy."

Joanna errötete. „Ich habe beim ersten Mal ihren Namen falsch verstanden. Kann ich gehen?"

„Klar. Was hältst du davon, wenn ich dich hinbringe?" Als Joanna den Mund öffnete, fügte sie schnell hinzu: „Nein, nein. Ich bestehe darauf. Es ist nett, wenn man einmal ein paar Minuten zusammen ist, ohne dass die Ponys dazwischenfunken. Und abgesehen davon gehen wir heute Nachmittag in die Kirche. Du kannst nicht deine ganze Zeit verschwenden, indem du den langen Weg zu Fuß gehst."

„Das ist toll, Mom." Was hätte sie sonst sagen sollen? Nun ja, eine Sache gab es noch. „Mom? Kann Robbie sein eigenes Pony haben? Ich weiß, dass er eins möchte; eins der größeren. Aber er will Dad nicht fragen."

„Wirklich? Ich werde mit eurem Dad darüber reden."

„Verrat ihm aber nicht, dass ich etwas gesagt habe, ja? Es soll eine Überraschung sein."

Ihre Mutter lächelte. „Noch eine Überraschung. Ich liebe Überraschungen."

Die Fahrt zu Mr. Thomas' Hof war unglaublich lang, wenn man bedachte, dass die beiden Grundstücke aneinandergrenzten. Sie mussten zuerst auf die Schnellstraße und von dort aus in eine Seitenstraße abbiegen, von der aus es wieder auf eine andere Straße ging.

„Hinter uns ist ein Polizeiauto", sagte Joannas Mutter und sah auf den Tacho. „Ich hoffe, ich bin nicht zu schnell gefahren."

Wenig später bog das Auto in eine Einfahrt ab – Mr. Williams' Einfahrt. Joanna drehte sich um und sah, wie der Wagen vor Mr. Williams' Haus stehen blieb. Zwei Polizisten stiegen aus.

„Ich frage mich, was da nicht stimmt", sagte ihre Mutter.

„Vielleicht ist Mr. Williams ja ein Verbrecher", antwortete Joanna.

„Das würde mich nicht überraschen. Er hat so einen verschlagenen Blick."

Joanna lachte. „Aber er hat tolle Pferde."

„Ich nehme an, dass sie ihm eine Menge Geld gebracht haben."

Wie immer, wenn es auf das Thema Pferde kam, klang ihre Mom gelangweilt. Pech, dass sie sich in einen Mann verliebt hatte, der ohne Pferde nicht leben konnte. Pech auch, dass ihre Kinder totale Pferdenarren waren – und ihre Enkelin auch, wenn es nach Joanna ging.

„Du bist echt toll, Mom. Auch wenn du keine Pferde magst."

„Du auch, Prinzessin, obwohl du sie magst."

Wenige Minuten später bogen sie in Mr. Thomas' Auffahrt ein. Neben seinem alten Pick-up stand ein glänzendes rotes Auto. Bonnie und Breeze grasten auf der überwucherten Wiese, und Cally saß auf den Verandastufen und schaute ihnen zu. Als sie Joanna und ihre Mutter sah, stand sie auf. Ihr Gesicht war ganz angespannt und blass.

„Ich hole dich in zwei Stunden wieder ab", sagte Joannas Mutter. Sie machte die Autotür zu, ließ das Fenster runter und beugte sich hinaus. „Hallo, Cally. Ich bin Joannas Mom, Mrs. Taylor."

„Hallo, Mrs. Taylor. Meine Eltern sind gerade bei meinem Opa, sonst hätten sie Sie gerne begrüßt", sagte Cally.

„Ist alles okay mit ihm?", fragte ihre Mutter.

„Er ist krank."

„Das tut mir leid. Kann ich etwas tun?"

„Ich glaube nicht. Aber trotzdem danke, Mrs. Taylor."

Sie nickte. „Sag mir einfach, wenn ich helfen kann, ja?"

„Okay."

„Bis später, Mom." Joanna konnte es kaum abwarten, Cally zu fragen, was eigentlich los sei.

Endlich war ihre Mutter weg. Joanna und Cally gingen zu den beiden Pferden und setzten sich ins Gras.

„Ich habe ein Polizeiauto vor Mr. Williams' Haus gesehen, als wir hierher gefahren sind", sagte Joanna.

„Das ist gut", erwiderte Cally. Sie klang aber nicht sonderlich begeistert.

„Was passiert da drin?" Joanna deutete auf das Haus.

„Ich weiß es nicht. Sie haben mir nichts gesagt. Ich sitze hier schon ewig rum. Ich bin ja so froh, dass du da bist."

„Ich auch", sagte Joanna. „Lass uns die Pferde putzen, während wir warten, ja?"

„Klingt gut."

Es war ihm so peinlich. Wie hatte er nur so schreckliche Dinge anstellen können? Pferde von seinen Nachbarn zu stehlen! Die Besitzer der Rappstute waren auch noch seine Freunde! Und zu glauben, dass Cally Kathy war ... Sicher, sie hatte dasselbe rotblonde Haar und grüne Augen. Aber Kathy war schon lange eine erwachsene Frau. Wie hatte er das nur vergessen können?

„Dad, sag uns bitte, was passiert ist." Kathys weiche Stimme klang besorgt. „Cally hat uns die Pferde schon gezeigt und du hast dich lange genug ausruhen können."

Und jetzt stellten sie ihm diese Fragen.

„Dad?" Ihre Hand war ganz warm auf seiner Schulter.

„Es geht mir gut, Kathy. Ich denke nur nach. Das ist alles."

Seine Tochter hatte etwas Besseres verdient als ihn. Immer schon.

Hüte dich vor deinem Stolz ...

Wo kam das denn jetzt her? Fast wie eine Stimme. Oh ja, der Traum. Die Stimme hatte ihn wieder zur Vernunft gebracht. Jedes Wesen mit einer solchen Macht musste wissen, wovon es sprach. Aber warum war er stolz? Er hatte sich doch nur nicht demütigen lassen wollen. Das war kein Stolz, oder?

Aber wenn er ganz ehrlich war, kannte er den Grund genau, warum er ihnen nicht davon erzählen wollte. Er wollte nicht zugeben, dass er Hilfe brauchte ...

Und er brauchte Hilfe. Wenn er es jetzt nicht sagen würde, würde er dann den Mut haben, es ihnen später zu sagen? Oder würde er weiter schweigen? Würde er wieder zulassen, dass er Pferde stahl? Dass er andere Menschen in Gefahr brachte? Dass er Graham in den Keller geworfen hatte, war wenigstens ein Traum gewesen. Er glaubte nicht, dass er es noch mit sich selbst aushalten könnte, wenn es kein Traum gewesen wäre.

Aber was, wenn er beim nächsten Mal wirklich einen unschuldigen Menschen verletzen würde? Würde er sich das jemals verzeihen können?

Und die Pferde! Er war mit ihnen über Asphalt galoppiert und hatte sie in den Schuppen gezwängt, der gerade einmal genug Platz für ein Pferd bot. Es hätte ihnen leicht etwas passieren können ... ein gebrochenes Bein, ein zu früh geborenes Fohlen, alles ...

Am wenigsten aber ertrug er den Gedanken, dass Cally bei seinen Aktionen in Gefahr gewesen war. Er hatte einen temperamentvollen, verängstigten Vollbluthengst mit zwei fremden Pferden auf engsten Raum gestellt und hatte seine unerfahrene Enkelin in den Schuppen geschickt, um die Tiere zu putzen!

Er stöhnte.

„Dad, bitte, du musst mit mir reden. Sag mir, was passiert ist.“

Die Stimme hatte recht. Er war zu stolz, um zuzugeben, dass er Hilfe brauchte – aber er hatte noch eine Chance. Er durfte und wollte Kathy nicht noch einmal enttäuschen.

Seine Tochter stellte ihren Stuhl so, dass sie direkt vor ihm saß. Dann nahm sie seine Hände. „Dad.“ Ihre grünen Augen sahen so aus wie seine. Und wie Callys. „Dad, ich liebe dich. Ich werde dich immer lieben; ganz egal, was passiert. Du kannst mir alles erzählen.“

Er öffnete den Mund. Aber es kam kein Wort heraus.

„Du wirst immer mein Dad sein. Und ich werde immer glücklich sein, dass ich deine Tochter bin."

Was? Sie war glücklich? Aber das konnte doch gar nicht sein! Er musste sich verhört haben. Er hatte in seinem ganzen Leben nur versagt.

Sie musste seinen ungläubigen Blick bemerkt haben.

„Du warst immer ein toller Dad für mich. Ich erinnere mich an die wunderschönen Geschichten, die du mir von Mom erzählt hast. Ich war zu jung, als sie gestorben ist, um mich an sie zu erinnern. Du hast mir diese Geschichten erzählt, obwohl es schrecklich schmerzhaft für dich gewesen sein muss, von ihr zu reden. Und ich erinnere mich, wie du mich immer ermutigt und all meine Entscheidungen unterstützt hast. Du bist ein toller Dad und ein wundervoller Großvater. Ich vertraue dir völlig. Lass mich also diesmal deine Vertraute sein, ja?"

Tränen traten in seine Augen und liefen ihm die Wangen runter. Sie machte ihm keine Vorwürfe wegen Thunder. Sie schien sich noch nicht einmal daran zu erinnern, dass er nicht viel Geld gehabt hatte, als sie noch ein Kind gewesen war. Oder dass er als Alleinerziehender Fehler gemacht hatte – sie liebte ihn trotz allem.

„Ich ..."

Er spürte, wie die Worte sich in seiner Kehle sammelten ... drückten ... rausdrängten.

„Kathy, ich ..."

„Ja, Dad?"

„Kathy, ich brauche deine Hilfe ..."

Nachdem sie Bonnie und Breeze geputzt hatten, setzten Joanna und Cally sich neben das Haus in den Schatten. „Was für eine Hitze“, stöhnte Joanna.

„Ich liebe es“, sagte Cally. „Zu Hause ist es viel kälter. Ich wünschte, ich könnte hier wohnen.“

„Ich auch“, sagte Joanna. „Das wäre toll.“

Cally schlang die Arme um ihre Knie. „Ich finde es schrecklich, dass wir heute fahren. Ich hatte noch nicht mal Zeit, dich auf eurem Hof zu besuchen. Raven ist so toll.“

„Hey, das habe ich ganz vergessen dir zu sagen. Ich habe die Lösung für Raven.“ Joanna berichtete schnell und fügte dann hinzu: „Und mein Bruder hat mir letzte Nacht etwas Aufregendes erzählt. Wenn ich es dir erzähle, darfst du es aber niemandem verraten, ja?“

„Ich werde schweigen wie ein Grab. Versprochen.“

„Meine Eltern haben vor, mir eine der Stuten zu geben, die du letzte Nacht gesehen hast. Die graue mit der Blesse.“

„Das ist ja super, Joanna!“ Cally berührte ihre Halskette. „Vielleicht gibt Angelica mir auch ein Pferd.“

„Das erinnert mich an noch eine seltsame Sache, die gestern Nacht passiert ist.“ Joanna erzählte von Robbies Feindseligkeit – und wie sie beim Berühren der Halskette auf einmal seine Beweggründe verstanden hatte. „Und jetzt sind wir wie Kumpels“, endete sie und lachte. „Na ja, vielleicht nicht gerade Kumpels, aber wir haben Waffenstillstand.“

„Wenn Angelica sich mit dir über die Halskette verständigen kann, dann frage ich mich, ob ... Nein, das ist dumm.“

„Was?“

„Na ja, was, wenn wir uns auch verständigen können ... nicht mit ihr, aber mit den Pferden?“

„Versuchen wir’s. Ich rufe Bonnie. Du beobachtest sie, während ich mich konzentriere.“ Joanna berührte die Kette, schloss die Augen und dachte: Bonnie, komm her!

Neben ihr schnappte Cally nach Luft.

„Was ist los?“

Die beiden Pferde standen immer noch auf der Wiese und grasten friedlich.

„Sie hat in unsere Richtung geschaut. Aber dann hat sie weitergefressen.“

„Vielleicht hat sie nicht eingesehen, warum sie kommen sollte. Versuch du es mal mit Breeze.“

Cally legte die Finger auf die Halskette. Breeze hob den Kopf und sah geradewegs zu ihnen. Dann wieherte er und trottete auf sie zu. Bonnie seufzte resigniert und folgte ihm.

„Cally, es funktioniert!“

„Jetzt sind wir Pferdeflüsterer. Cool!“

Die beiden Mädchen sprangen auf und gingen zu den Pferden, um sie zu umarmen. Dann meinte Joanna: „Lass uns auf Breeze ausreiten. Wir können ihm durch die Halskette sagen, wo er hingehen soll.“

„Das ist echt toll! Hilf mir hoch, dann kannst du dich auf die Stufen stellen und hinter mir aufsteigen.“

Als Cally sich gerade auf Breezes Rücken setzte, ging die Haustür auf. Ihre Eltern traten auf die Veranda.

„Das ist gefährlich, Cally“, sagte ihr Vater.

„Hab keine Angst, Dad. Er macht nichts.“ Sie glitt wieder von dem Rücken des kräftigen Pferdes und Breeze ging ein Stück, um wieder zu grasen. „Das ist Joanna, meine neue Freundin. Sie wohnt nebenan.“

„Hallo“, sagte Joanna.

„Schön, dich kennenzulernen“, antwortete Callys Mom.

„Wir sind froh, dass Cally hier eine Freundin hat“, sagte ihr Dad, der seltsam erleichtert klang.

„Wo ist Opa? Ist alles in Ordnung?“

„Es geht ihm gut und er kommt gleich raus“, sagte Callys Dad. „Wir wollen erst mit dir reden.“

„Kann Joanna bleiben? Sie weiß, dass die Pferde gestohlen sind, und sollte wissen, was jetzt geschieht.“

Callys Mom seufzte. „In Ordnung. Setzt euch hin.“ Sie nahm selbst auf den Stufen der Veranda Platz und wartete darauf, dass die Mädchen zu ihr kamen. „Wir haben die Besitzer der beiden Pferde angerufen. Keiner von ihnen erstattet Anzeige. Das ist schon einmal eine gute Nachricht.“

„Aber was ist mit Opa? Wir können ihn hier nicht alleinlassen und wir können ihn auch nicht mit in die Stadt nehmen. Er würde sich dort überhaupt nicht wohlfühlen.“

„Wir wissen das, Liebling“, sagte Callys Vater. „Und wir glauben, dass wir einen Plan haben.“ Er räusperte sich. „Was hältst du davon, wenn wir hierher ziehen?“

„Was?“, fragte Cally überrascht.

„Schatz, ich weiß, dass es schwer für dich wird, deine Freunde zurückzulassen. Aber du kannst sie ja hierher einladen. Von mir aus jedes Wochenende. Großvater braucht uns, deshalb müssen wir alle Opfer bringen.“

„Aber Mom, Dad, das ist doch kein Opfer! Es ist wundervoll! Ich bin so gerne hier. Und wenn ich meine Freundinnen einladen kann, ist es sogar noch besser. Sie werden es hier auch toll finden. Und sie werden Joanna mögen. Und ihre Ponys. Ihre Ponys sind fantastisch! Wartet nur, bis ihr sie seht. Und ihre Mutter ist richtig nett. Mom, ich wette, dass ihr Freundinnen werdet, so wie ich und Joanna.“

Callys Dad lachte laut. „Und ich hatte Angst davor, es dir zu sagen.“ Er ging die Verandastufen hinunter und sah sich um. „Dein Großvater hat niemals Hilfe von uns annehmen wollen, sogar als die Gebäude verfallen sind. Aber jetzt wird alles anders. Wir können etwas ganz Besonderes aus diesem Ort machen – zusammen als Familie."

„Da ist eine Sache, die es sogar noch besser machen würde", sagte Cally. „Ein Pferd. Kann ich ein eigenes Pferd haben, wenn wir umziehen?"

Joanna merkte, dass Cally die Halskette berührte und zu Breeze sah. Der Fuchs hob den Kopf.

„Das ist ja seltsam", sagte Callys Mom. „Als wir die eine Besitzerin angerufen haben, hat sie ein schlechtes Gewissen gehabt, weil noch niemand bemerkt hatte, dass das Pferd weg war. Sie hat gesagt, es sei an der Zeit, es zu verkaufen."

Breeze machte ein paar Schritte auf sie zu.

„Ich glaube, dass es die Besitzerin von diesem Pferd war", sagte Callys Dad überrascht. Seine Hand fuhr über Breezes fuchsfarbenes Fell, während er an ihm vorbeiging.

Der Wallach blieb vor den Stufen stehen, machte den Hals lang und schnupperte an Callys Haar.

„Ich habe die leise Ahnung, dass er uns etwas sagen möchte", bemerkte Callys Mom und lachte.

„Ich bin mir ganz sicher, dass er das möchte", bestätigte Joanna. „Er hat sich Cally als neue Besitzerin ausgesucht."

Die Tür öffnete sich und Mr. Thomas kam aus dem Haus.

Cally sprang auf, packte die Hand ihres Großvaters und zog ihn zu Breeze. „Opa, möchtest du ein neues Pferd mit mir zusammen haben? Es könnte uns beiden gehören."

„Cally", sagte der alte Mann. Joanna konnte getrocknete Tränen in seinem Gesicht sehen. „Ich ... ich weiß nicht."

Breeze hielt die Nase in die Luft und hob die Oberlippe.

„Sieh nur, Opa, er lacht, weil er so glücklich ist, hier zu sein", meinte Cally. „Er möchte auch bei dir wohnen." Sie schlang die Arme um ihren Großvater.

Zum ersten Mal, seit ihr Abenteuer begonnen hatte, sah Joanna ein Lächeln auf Mr. Thomas' runzeligem Gesicht. Es wurde langsam breiter, bis das Glück seine Augen erfasste und sie vor Freude leuchten ließ. Er stellte sich gerade hin, um etwas größer zu sein. Dann hob er den Arm, um über Callys welliges Haar zu streicheln.

„Nun, Opa?"

„Ich könnte mir nichts Schöneres vorstellen", sagte er.

Von Angela Dorsey sind im PonyClub bereits erschienen:

Dunkles Feuer (Engel der Pferde 1), 2003
Verloren in der Wüste (Engel der Pferde 2), 2003*
Der Berg des Kondors (Engel der Pferde 3), 2004
Das Mondblumenpferd (Engel der Pferde 4), 2005
Goldfieber (Engel der Pferde 5), 2005
Verkauft! (Engel der Pferde 6), 2006
Der Schlangenfelsen (Engel der Pferde 7), 2006
Sobekkares Rache (Engel der Pferde 8), 2007
Auf der Flucht (Engel der Pferde 9), 2007

Der Geist von Freedom, 2002*
Verlassen, 2005
Freedom und das Findelkind, 2007

*nicht mehr lieferbar